Deux mois chez Andrea

Loi n° 49-956 du 16 juillet 1949 sur les publications destinées
à la jeunesse, modifiée par la loi n° 2011-525 du 17 mai 2011.
N° éditeur : 374710/10296869
ISBN : 978-2-09-503444-3
Dépôt légal : août 2024

JULIEN DUFRESNE-LAMY

Deux mois chez Andrea

NATHAN

À la mémoire de ma mère

Bien entendu, je ne suis ni celui-ci, ni celui-là, ni un autre, ni comme ça, ni autrement, ni tout à fait différent, ni ce que vous croyez, ni ce qu'on suppose, ni ce que je laisse voir, ni ce que je prétends, ni ce que j'invente, ni ce qu'on dit, ni ce que j'approuve, ni ce qui m'est défendu, ni ce que je rêve, ni rien de tout cela. Je suis tel que je suis.

Louis Calaferte

On brûlera toutes les deux / En enfer, mon ange
J'ai prévu nos adieux / À la Terre, mon ange
Et je veux partir avec toi / Je veux mourir dans tes bras
Que la mer nous mange le corps, ah
Que le sel nous lave le cœur, ah
Je t'aimerai encore

Pomme, *On brûlera*

AS THE WORLD FALLS DOWN

Ma mère est malade et j'ai eu droit à un cadeau, le plus beau des walkman. C'est Andrea qui m'a offert ça. Il est rentré de voyage rien que pour moi. Il était en virée en Espagne pour les vacances, apparemment il allait faire un road trip, l'Andalousie, Grenade, Almería, la Sierra Nevada et j'ai toujours cru que c'était en Italie, moi. Andrea a fait plus de douze heures de route pour atterrir jusque chez moi. Il a roulé de jour comme de nuit, au téléphone on lui avait dit que c'était urgent, que ma mère n'allait pas pouvoir revenir.

Nos retrouvailles avec mon oncle ont été froides. Faut dire que la dernière fois qu'on s'est vus, j'avais onze ans, un tee-shirt jaune Waikiki, et des bagues métalliques sur les dents de devant. Quand Andrea a passé la porte de chez la voisine avec ses chaussures lourdes et sa veste eighties, il était aussi mal à l'aise que moi, même davantage, comme si son corps était tout à coup à l'étroit, prisonnier de son perfecto en cuir, confus d'être là, devant son filleul qui jusqu'à hier matin jouait sans préoccupation à Final Fantasy dans le bureau de famille.

Mon oncle a peu à peu pris les choses en main. Dans la cuisine, il souriait à la voisine qui immédiatement s'est mise à se pavaner devant lui. J'avais oublié, c'est vrai, à quel point Andrea était joli et joli, ça me rappelle ma mère qui toujours préfère dire qu'un homme n'est pas beau mais joli. Pour le décrire, Andrea a les cheveux ras militaires, le menton engageant, la fossette façon cinéma. La nuque épaisse comme un chien de combat, des mains velues, les tempes un peu dégagées, des ongles propres et rongés et puis des épaules larges comme une charpente de qualité et je me demande tout compte fait si Andrea s'entraîne, s'il court ou s'il nage et j'oubliais, ses yeux verts sont comme deux grands hublots. Ma mère dit toujours que les Italiens les plus jolis sont ceux avec les yeux verts, comme son petit frère.

Les yeux verts, ça a eu un effet immédiat sur la voisine qui, tremblante telle une bête débusquée, s'imaginant la dolce vita, s'est mise en quatre pour mon oncle. Café, thé, petits biscuits, de quoi avez-vous envie ? Et j'ai aussi des restes d'un marbré si vous voulez. On aurait dit qu'Andrea était en visite de courtoisie, attendu de pied ferme par pléthore, applaudi sous une pluie de mondanités. Poliment, mon oncle a répondu, juste un verre d'eau, c'est gentil. Et la voisine s'est empressée d'aller lui chercher une bouteille d'Évian depuis le garde-manger alors que moi depuis la veille, j'avais seulement eu droit au robinet.

Andrea s'est assis à la table de la cuisine et comme moi, il n'osait pas me fixer dans les yeux. Andrea zieutait un peu partout, comme si ça pouvait lui éviter de croiser mon regard. Il visait l'évier, la litière grise du chat, les pieds de ma chaise sur laquelle je me tenais le dos voûté et ça me fait penser à mon père qui aimait tout le temps répéter que je finirais bossu comme l'autre clampin de Notre-Dame. La voisine était toujours debout face à nous. Elle cherchait, je crois, des verres à pied. Sans dire un mot, Andrea jetait des coups d'œil aux quatre coins de la pièce. Chaque texture, chaque ustensile, à croire qu'il allait résoudre un fait divers. Au moindre détail, je suivais mon oncle du regard. Les deux assiettes qui séchaient dans l'égouttoir, la cantonnière avec les pompons qui pendaient au-dessus du vide et cette pendule tachée de graisse au beau milieu du vaisselier. Andrea la fixait longuement, cette horloge de pacotille qui faisait *tic-tic-tic-tic* comme si les aiguilles savouraient chaque silence et s'amusaient à compter nos innombrables blancs.

Andrea a fini par mettre les pieds dans le plat. Il a commencé à parler de ma mère. Il a demandé à la voisine si elle savait des choses sur ce qui s'était passé, si elle avait plus d'explications, s'il y avait un numéro quelque part pour parler à qui de droit, mais la voisine restait lapidaire, elle disait qu'elle ne savait trop rien, à part l'ambulance d'hier qui avait déboulé à toute berzingue à 12 heures tapantes et je savais bien qu'elle ne voulait rien dire de plus, qu'elle se mettait pile dans mon dos pour faire signe à mon oncle, pas devant le gosse, non surtout pas devant le petit. Alors l'air de rien, la voisine renchérissait avec sa voix d'oiseau, vous êtes sûr que vous ne voulez pas du gâteau, mon mari l'a adoré, il est encore très moelleux, cherchant par tous les moyens à refourguer les dernières parts de son marbré.

Andrea a attendu une vingtaine de minutes avant de prendre congé. Il m'a fait un signe de tête et m'a dit on va passer la journée, toi et moi, ça te va ? Andrea s'est levé et son mètre quatre-vingt-dix m'a soudainement paru tout petit. Mon oncle avait beau jouer la comédie, il n'en menait pas large. Je le comprenais, qu'est-ce qu'on allait faire, lui et moi ? La dernière fois qu'on s'était vus, à l'anniversaire de je ne sais plus quel vieillard, j'écoutais encore des boys bands exploités et Andrea avait démissionné de sa boulangerie pour vivre à Rome et montrer aux Italiens que là-bas aussi on pouvait manger du bon pain. Andrea s'était pointé au déjeuner familial parce que c'était l'occasion de prendre congé de tout le monde avant son départ. Il était là comme une formalité, il se contrecarrait bien de son filleul, de sa musique, de son entrée au collège, de son tennis et de ses soirées devant *Friends* et *Hartley, cœurs à vif*. Alors qu'est-ce qu'on allait se dire aujourd'hui ? Tu préfères Monica ou Phoebe ?

Andrea est sorti de la cuisine, a récupéré mon sac d'affaires et avec déférence a serré la main de la voisine. Ça se voyait qu'elle était déçue, qu'elle espérait une bise ou deux, c'est combien en Italie, quatre, qu'elle aurait supplié d'un ton goinfre. Mon oncle l'a remerciée pour m'avoir fait passer la nuit ici, pour sa gentillesse et son hospitalité, disait-il, et tu parles, j'ai mangé des flageolets et passé la soirée à la regarder crocheter devant une rediff d'*Intervilles*. Je me suis levé à mon tour et mon oncle m'a jeté un regard pour me dire de m'exécuter, alors j'ai dit merci. J'ai ajouté c'est vraiment très gentil madame Pichet.

Sur le chemin de gravier, j'ai suivi le mouvement d'Andrea, soulagé de quitter cet endroit. En m'éloignant, j'ai jeté un œil à la maison d'en face, la mienne, aux volets en bois restés fermés et aux grands parterres de fleurs que ma mère arrosait tous les soirs et qui allaient l'un après l'autre crever à l'arrivée de juillet.

Andrea m'a interrogé, ça te dit un tour au centre commercial ? Il était épuisé par le trajet en voiture, ses cernes dégringolaient sur son visage, mais Andrea m'a répété un tour, ça te dit ? On y déjeune et puis on passe à la galerie, je t'ai rien acheté ces dernières années. Y a un truc en particulier que tu aimerais ? Flatté qu'il pense à mes anniversaires, j'ai répondu sans réfléchir, un walkman. Puis j'ai précisé, ceux qui font auto-reverse, les meilleurs, pas besoin de sortir la cassette de son compartiment, ça passe automatiquement de la face A à la face B. Andrea m'a regardé dans les yeux pour la première fois et il m'a dit tu as compris qu'on allait rester ensemble quelque temps, n'est-ce pas ? J'ai hoché la tête sans un mot, sans un geste, sans autre couleur devant mes yeux que le souvenir de ma mère sur son brancard d'acier et devant mon oncle, mon menton s'est incliné en simple vérité : oui je comprenais. Et Andrea a fini par dissiper l'embarras qui s'accumulait entre nous en me disant sur le gravier de Mme Pichet, allons te trouver ce walkman.

PENDANT QUE LES CHAMPS BRÛLENT

Ma mère est malade et je viens de déjeuner. Andrea a choisi Buffalo Grill pour nous restaurer. Il pensait naïvement que ce décor d'Indien en carton-pâte, ces plâtrées de frites à n'en plus finir, ces barbes à papa géantes et ces flippers pétaradants au premier étage allaient me faire plaisir. Il avait raison. J'ai même eu le droit de faire trois parties consécutives et de prendre un triple banana-split.

Le walkman a coûté cinq cents francs à Andrea. À la caisse, j'ai eu honte comme si j'avais poussé quelqu'un à commettre un braquage. Cinq cents francs, ça commençait à faire une somme. Je n'avais jamais vu un billet de cinq cents francs, d'ailleurs, ça changeait des habituels biftons et des grosses pièces d'argent. J'étais gêné qu'Andrea me gâte, sans autre raison que la maladie de ma mère. Alors pour faire illusion à la caisse, j'ai demandé à mon oncle qui était ce couple austère dessiné au recto du billet. Mais Andrea était occupé à régler la note à la caissière qui préparait la garantie deux ans du walkman et il m'a répondu d'un air vague, tu me parles de qui ? Tu sais, le couple sur le billet, j'ai répété, moi-même peu convaincu par ma diversion. L'argent tapi dans l'enregistreuse, mon oncle s'est contenté d'un j'ai jamais fait gaffe, un couple tu dis, franchement je ne vois pas. Pierre et Marie Curie, a rétorqué de but en blanc la caissière et c'était comme si quelqu'un venait de me secourir du bord d'un précipice.

Dans la voiture, j'ai fait l'enfant. J'ai déballé l'appareil d'un coup de main. Andrea m'avait pris aussi un casque, avec le corps en métal chromé et la coque des écouteurs en mousse. Sur mes oreilles, ça en jetait, mais il ne te faut pas une cassette pour que ça marche ? Dans le rétroviseur, casque sur la tête, walkman dans la paume, je me suis regardé comme l'abruti que j'étais. Alors j'ai attrapé mon sac à dos et dans les couches minces des affaires, j'ai retrouvé une cassette. C'était la playlist que j'avais faite pour ma mère après la Tunisie.

J'avais neuf ans et c'étaient mes premières vacances sans elle. J'étais parti pour Pâques faire un raid dans le désert et avant mon départ, mon père se gaussait, toi dans le désert ? Oui quelques jours en Libye, deux semaines en Tunisie et le reste au Niger, je persistais, sans comprendre que mon père insinuait que je n'aurais pas l'étoffe d'un aventurier. Mais j'ai accompli mon épopée. Je suis arrivé à Tunis chez l'amie de ma mère et son mari Jean-Yves et j'aimais beaucoup Jean-Yves, sa moustache fine d'instituteur, ses blagues, ses disques démodés d'Henri Dès qu'il passait dans la voiture pour faire plaisir à Laura, leur petite fille qui était amoureuse de moi. J'aimais moins la mère, Véronique. Elle était rousse, à ce point rousse, sur les phalanges et sur les paupières, que je trouvais ça suspect. Je l'imaginais en descendante de la Méduse, ou pire en Médée. Dans les soirées parfois, certains aimaient à dire que Véronique était échangiste, qu'elle l'imposait à Jean-Yves, et c'est vrai qu'en France je l'avais surprise deux-trois fois faire du gringue à mon père qui, trop aviné, ne voyait plus qu'une tache rouillée devant lui comme un phare aveuglant dans le regard d'un rongeur terrifié.

Pendant ces trois semaines où l'on traversait en 4×4 les déserts de sable et de pierre, j'imaginais que Véronique allait faire des avances aux Touaregs qui proposaient leurs services, ou bien qu'elle nous tuerait dans notre sommeil comme Médée a poignardé ses enfants pour se venger de son mari. Quand j'en avais assez d'inventer Véronique, je pensais à ma mère et je piochais une chanson. Pas un titre d'Henri Dès, ma mère m'aurait tué pour cet impair, mais des groupes qu'elle vénérait. Les Go-Go's, Supertramp, Nirvana, Oasis. Et en rentrant à Tunis, je lui avais enregistré une cassette comme une preuve que dans les dunes, elle avait été là, à mes côtés.

Dans le walkman, la bande s'est lancée et j'ai dégringolé des années en arrière. Avec émotion, j'ai reconnu les premières notes de *Pendant que les champs brûlent* de Niagara et j'avais beau ne pas avoir écouté la chanson depuis des lustres, je pouvais réciter le moindre couplet.

Des arbres se penchent. C'est plus fort, plus fort que tout. Accrochée aux branches, l'air me semble encore trop doux.

Dans l'herbe écrasée, à compter mes regrets. Allumette craquée et tout part en fumée.

Après la première strophe, j'ai appuyé sur avance parce que cette chanson, c'était ma mère sombre. *Frederick* de Patti Smith est venu ensuite et c'était mieux. C'était ma mère aux yeux dessinés, ma mère punk, ma mère poète, ma mère new-yorkaise, ma mère plus originale que les autres, ma mère unique en son genre, et je voyais encore ce beau vinyle sur la table du salon près de son paquet de clopes et des magazines de mode qu'elle adorait, avec Patti en gros plan, tignasse de sorcière, doigts de fée, qui de ses yeux noirs nous observait comme les corbeaux guettent la nuit se terminer.

J'ai fermé les yeux jusqu'à la fin de la chanson et suis arrivé à Michel Berger et ça m'a rappelé à quel point au bahut, on me disait ringard avec mes chansons qui sentaient l'antiquité. À côté de moi, Andrea n'a pas eu le même avis. Derrière son volant, il m'expliquait qu'il n'avait jamais eu les mêmes goûts que sa sœur. Lui était plus classique, moins branché, faut dire que ta mère a fait les meilleurs concerts, Queen, les Stones, Sonic Youth, Iggy Pop, il ne fallait pas se mesurer à elle niveau zik. Andrea a demandé à écouter un morceau et je lui ai tendu mon casque. Il a ri en tombant sur *Diego*. Michel Berger, ta mère écoute ça maintenant ? J'ai dit oui mais j'ai eu un doute, peut-être était-ce seulement moi qui écoutais, moi qui voulais que ma mère me trouve tout aussi pointu, « niveau zik », comme Andrea disait.

Andrea a démarré la voiture et j'ai repensé au voyage dans les dunes, aux chansons maternelles, à cette dose journalière qui me permettait d'endurer et c'était peut-être ça que j'allais devoir faire cette saison.

Andrea a allumé la radio, il a réglé les ondes sur Skyrock. Ma mère lui aurait passé un coup de tromblon pour moins que ça et nous avons déguerpi du parking. Moi, j'aurais pu rester tout l'après-midi ici avec Andrea. Sur cette esplanade grise, à écouter ma vieille cassette, mes chansons de poussière, mes fantômes tutélaires, pendant qu'on observait au loin les clients attraper leur caddie dans la petite cabine vitrée en imaginant leur vie et leur malbouffe préférée.

Mais Andrea a quitté le parking. J'écoutais à nouveau les champs qui brûlent et cette fois pas de bourdon, ça allait. Mon oncle m'a dit qu'il fallait repasser par la maison, regarde ce qu'il y a dans ton sac, tu ne vas pas tenir une semaine avec ça. J'étais d'accord mais je n'avais pas envie d'y retourner. J'ai proposé à Andrea qu'il y aille tout seul. Il n'avait qu'à prendre les premiers vêtements sur mes étagères, ce qu'il trouverait dans la pile à repasser que ma mère ne repassait plus. Je m'en fichais si c'était froissé, et puisque c'était déjà l'été, je n'avais besoin de rien, à peine quelques tee-shirts et autant de bermudas délavés. Mais Andrea a insisté pour que je réunisse moi-même mes affaires. D'autant qu'il n'était jamais venu chez nous. Pas depuis sa dernière dispute avec ma mère, où l'on vivait encore dans l'appartement rue de Provence.

Les derniers kilomètres qui nous séparaient de la maison, je comptais les enseignes. Le fleuriste Interflora, la station-service Esso comme la pub avec les oiseaux qui hurlent en tendant leur bec. À la devanture de toiletteuse avec le caniche frisé et le bichon maltais, ça signifiait qu'il restait trois minutes de trajet. Je me suis tu. Je n'avais pas envie d'y être, pas envie de revoir la scène. Andrea s'en est aperçu. Il a éteint son rap de sauvage, à peine a tourné la tête et en mettant le dernier clignotant, il m'a dit d'une voix blanche, tu pourras emmener tous les disques que tu veux, on fera des cassettes, pour ta mère, promis on en fera chaque semaine.

À la maison, je suis entré, le dos parallèle au sol comme dans un tunnel de guerre. Devant mes armoires, j'ai culpabilisé d'organiser mon départ, d'abandonner ma mère, de prendre des vacances *all inclusive*, alors qu'elle avait besoin d'aide. Partir comme un voleur, ça m'allait. J'avais deux slips, mes baskets et mon argent, ça me suffisait. Devant ma penderie, je me trouvais indécent. Hors de question de prendre un maillot de bain. Sauf qu'Andrea vivait près de la plage, c'était son argument pour me dire que tout irait bien. Depuis les premières marches de l'escalier, lui qui refusait d'en enjamber davantage, je l'entendais insister. Il disait n'oublie pas ton moule-bite et l'expression m'a fait rire c'est vrai.

Pour déculpabiliser, j'ai choisi les pires affaires possible. Les tee-shirts trop petits. Les pantalons démodés. Le short avec la tache d'encre sur le cul qui ressemble à une fiente. Je n'allais certainement pas jouer les touristes parfaits. Le tout étalé sur le lit, il fallait me dégoter une valise. Je savais qu'elles étaient toutes au-dessus de l'armoire, dans la chambre de ma mère, si bien que j'ai demandé à Andrea s'il pouvait venir m'en attraper une au passage. J'ai pris une voix banale, pas une voix qui supplie une faveur, une voix de rien du tout, comme on dit bonjour, passe-moi le sel, change de chaîne. Mais ça n'a pas marché, Andrea a répondu qu'il ne voulait pas monter, qu'il n'était pas chez lui. Il m'a agacé à ce moment-là. Il fallait donc que je me tape tout le boulot pendant qu'Andrea au rez-de-chaussée regardait sans rien faire notre combattant bêta combattre dans son bocal mal lavé.

Dans la chambre de ma mère, je suis entré, l'estomac plein d'acidité. J'ai fait attention à ne rien regarder. J'ai fermé les yeux et ça ne suffisait pas, son odeur était là partout, parfum de mère tenace, omniprésent, dans chaque particule, au fond de chaque volute, à chaque angle, près de la table de chevet, le long de sa coiffeuse, parmi ses produits de beauté qu'elle ne mettait plus depuis des lustres et devant chaque bibelot en porcelaine qu'elle collectionnait sur sa commode comme une vieillarde qui ne connaît plus le prénom de son fils. D'une main j'ai pris la chaise de sa coiffeuse et j'ai foncé à l'armoire. En haut, mes doigts tâtonnant dans le lit de poussière, je n'ai pas trouvé trace de la moindre valise. J'ai lâché un putain de merde et dans la colère, j'ai ouvert les yeux. J'ai vu la chambre de ma mère. Ses fringues en boule parmi les acariens, ses escarpins usés sur la moquette, son lit défait, ses draps en vrac comme si elle venait à l'instant de se lever d'un sommeil arraché, son pas fatigué, sa petite voix coupable qui chaque fois venait résonner contre ma porte en laissant chuchoter pardon, pardon pour hier soir. Non, elle ne disait jamais pardon, ma mère. Ses yeux plus tard le faisaient pour elle.

D'un coup de tête, j'ai rangé la chaise et j'ai eu envie de mettre de l'ordre dans la pièce. Refaire son lit, border les draps, ranger les escarpins dans leur boîte et glisser tout ce fatras sous le sommier comme pour refuser l'épilogue qui patiemment nous attendait. Mais la voix d'Andrea a résonné dans la pièce. Tu t'en sors ? On a de la route, tu sais. J'ai crié que oui, que je cherchais les valises, je ne sais plus où elle les a mises. Normalement c'est là, juste là, avant de me souvenir que ma mère les consignait parfois dans le dressing, derrière ses robes, près de la planche à repasser, parce que au-dessus de l'armoire, ça faisait désordre, elle disait, ça faisait bazar et c'est vrai qu'avant, ma mère était tout sauf dérangée.

OUR LIPS ARE SEALED

Ma mère est malade, car ma mère boit. Elle boit de jour comme de nuit et au début c'était surtout la nuit. Elle sirote comme elle dit. Elle se prend un verre pour se détendre, rien qu'un verre et parfois trente. Elle boit pour relâcher la pression. Le stress du cabinet. Les dossiers juridiques, les clients à défendre, les procès, ma mère travaille d'arrache-pied. Quand elle rentre, il faut bien pouvoir se prélasser alors elle sort une flûte du vaisselier et la remplit de vin blanc. Ma mère n'aime pas les alcools forts, elle boit du vin et des kirs, elle met du sirop dedans, groseille, myrtille, cassis et je ne vois pas l'intérêt, autant prendre un soda fruité et pas d'histoire de cuite. Ma mère boit du champagne aussi, elle aime tout ce qui est bulles. Faute de champagne, elle boit du mousseux le plus souvent. Ma mère tient un budget, elle ne voudrait surtout pas nous mettre dans le rouge pour ses lubies liquides. Alors en matriarche respectée, elle choisit des mousseux à cinquante francs, les siffle en riant, en pleurant, et je sais qu'elle aurait préféré s'abîmer le ventre avec une bouteille de Ruinart plutôt qu'un pétillant deuxième prix de galerie marchande.

Ma mère a commencé à boire quand j'avais dix ans. La première année, je ne me suis aperçu de rien, trop occupé avec la primaire, le tennis et mon amitié avec Romain qui m'obligeait à faire des trucs indécents. En douce, la boisson est arrivée et, à l'époque, je n'ai pas su ce qui l'avait déclenchée. Elle s'est insinuée dans nos vies comme un brouillard. Elle s'est étalée comme une tache visqueuse et incurable, sur le plan de travail de la cuisine achetée chez Cuisine Schmidt, payée en six fois. Au début, c'est comme une rumeur. On ignore quand la première ivresse commence, quand les verres en entraînent d'autres, machinalement, tous les soirs, ou presque, inlassablement, quand on pourra enfin parler de maladie pour évoquer l'état récurrent de maman.

Les gens ont toujours trouvé ma mère distrayante. Ils la disaient festive. Élégante. Charmante. Il faut dire qu'elle est marrante quand elle est pompette. Elle amuse la galerie, elle imite à la perfection certaines actrices alors on lui ressert un verre et on lui dit fais-nous rire. Alcool ou non, ma mère laisse une empreinte sur ceux qui croisent son chemin. Les amis, les oncles et les tantes, les élèves aux réunions parents-profs devant leurs petites mères jalouses de la concurrence. Tous ceux qui disent que j'ai de la chance d'avoir une mère pareille, douce et si espiègle. Ces adjectifs me font penser à tout, un chien fidèle, un Tamagotchi, une peluche de compagnie, pas à une mère.

Ma mère faisait attention à elle, c'est vrai. Même quand elle buvait, ses yeux étaient surlignés d'un trait de noir, ses cheveux en place, coiffés de près, ses joues poudrées, son sac à main siglé au bras, son indispensable parfum Chanel. On disait d'elle qu'elle était belle et ça me faisait plaisir, ça me faisait croire que les gens ne se doutaient pas une seconde de la bouteille qui esquintait ses beaux traits derrière les rideaux de nos fenêtres.

Au début je me taisais. Le secret de ma mère n'était pas un sujet. Surtout que ma mère donnait le change. Certes elle buvait dans l'intimité mais faisait illusion en société et personne n'imaginait qu'elle finissait une à deux fois par semaine raide morte sur le canapé. Ma mère était une magicienne et ces premières années, j'étais soulagé par ses sortilèges. Plus j'y réfléchissais, plus je me disais que ma mère ressemblait à Romain de mes années de primaire. Le même goût du risque, la même assurance et le charisme éclatant. Mais plus l'ivresse empirait, plus je comprenais que le charisme n'était rien d'autre qu'une façon de duper le monde en se mettant en avant malgré les vices au fond du ventre. Le vice de ma mère n'avait rien à voir avec Romain, son esprit tordu, sa ruse, ses idées violentes. Le vice de ma mère a toujours été simple, il coûte seulement cinquante francs dans tous les supermarchés de France.

MARCIA BAILA

Ma mère est loin derrière et Skyrock a repris. La vitre baissée, mes affaires dans le coffre, mon combattant rouge sur les genoux car au dernier moment, j'ai craqué, et Andrea a tourné à droite, direction loin d'ici.

J'ai immédiatement regretté d'avoir emmené le poisson avec moi. Le tenir comme ça en équilibre sur mes cuisses, le sac plein d'eau, noué comme un baluchon, c'était pénible. Avec mes mains, je ne pouvais rien faire d'autre à part vérifier qu'il gobait toujours ses bulles d'eau. J'aurais dû le laisser, aussi étais-je persuadé que si je l'abandonnais à la maison, il allait mourir. Je ne voulais pas être responsable d'une seconde tragédie.

Au milieu de nulle part, Andrea a fini par se perdre. Mon oncle m'a alors demandé de sortir la carte routière de la boîte à gants. Je n'ai pas entendu qu'il me parlait, j'étais moi aussi enfoui dans les paroles des Rita. Marcia, elle danse, sur du satin, de la rayonne, du polystyrène expansé à ses pieds. Et surtout je ressassais au sujet du poisson. Je songeais à la maison.

Je me demandais si j'avais bien fermé à clé, si je n'avais pas laissé du linge mouillé dans la machine à laver, je détestais la vider quand l'eau croupissait. Si j'avais aussi éteint la lumière du bureau et enregistré ma partie de Final Fantasy, si j'avais fermé la fenêtre de la salle de bains parce que des chats souvent s'y infiltraient par le toit. Et le gaz ? Oui, le gaz. J'étais certain qu'on avait oublié le gaz, convaincu qu'un accident allait arriver. Je voyais déjà la maison exploser, la voisine en chaussons sur son chemin de gravier, terrifiée devant les flammes, dans l'attente des pompiers pour leur refourguer son marbré.

En une pulsion, j'ai voulu dire à Andrea de faire demi-tour, mais je n'ai pas eu la force de parler et puis mon oncle m'a répété, la carte routière, s'il te plaît. Andrea s'agaçait, il n'était pas sûr de la sortie, il ne venait jamais par ici, c'est paumé de chez paumé, comment les gens font pour vivre dans un tel coin, et tout de suite il a entendu ce qu'il disait et mis plus fort son rap infernal pour étouffer sa réplique.

D'une main, j'ai tendu le plan à Andrea en manquant d'écraser entre mes genoux ce pauvre bêta qui s'acclimatait mal de son sac en plastique comme nouvel habitat. J'ai repensé à la table basse. Voilà ce que j'avais oublié. La table basse et mon assiette du déjeuner de jeudi sur la table, avec le ketchup et le gruyère qui coulaient. En quelques jours, ça allait verdir, ma mère allait pester, ça formerait des mouches impossibles à virer, alors si la maison finissait par exploser, ça permettrait de tuer les mouches et d'éradiquer tout ce que je savais.

Andrea a choisi la départementale et m'a rendu le plan. J'ai eu honte de ne pas savoir comment le replier convenablement. J'avais l'impression de faire face à un casse-tête. Plus je le pliais, plus le plan devenait imposant et Andrea a fini par me dire laisse, t'inquiète, personne n'a jamais su comment ranger ces fichues cartes routières. Pour toute distraction, je me suis accroché au type qui chantait sur Skyrock et j'ai dit c'est qui ce rappeur qui ne fait que répéter, juste fais là, qu'est-ce que j'fais là. Svinkels, m'a répondu Andrea en plein doublage de poids lourds. Je n'avais jamais entendu parler de ce groupe. Tu l'aimes bien, Vinquel ? Svinkels c'est, et oui ça va. Tu l'as déjà vu en concert ? Jamais et je ne suis pas comme ta mère tu sais, je vais rarement en concert, je me contente de la FM. J'ai répondu d'accord parce que sur le sujet, je n'avais plus rien à dire. Le trajet allait être long.

J'ai attendu un peu pour l'ouvrir de nouveau. Il me fallait une bonne conversation. Je n'allais certainement pas commenter les prairies et les logos des stations-essence qui défilaient sous mes yeux. J'ai voulu proposer le jeu des plaques d'immatriculation qui nous fait tromper le temps, ma mère et moi, quand on se coltine des épopées. Mais je me suis ravisé, Andrea n'avait pas l'air d'être un joueur, il préférait écouter en silence sa FM, sa zik, même s'il y avait plus de pubs pour des entreprises de jardinage et de pare-brise que de chansons sur sa station.

Pour combler le vide, j'ai décidé de mémoriser ces publicités. Mercurochrome, le pansement des héros. Intermarché, tous unis contre la vie chère. Orangina Rouge, pourquoi est-il aussi méchant ? Papa, c'est quoi cette bouteille de lait ? Papa, c'est quoi cette bouteille de lait ? Papa… comment on fait les bébés ? Tu pousses le bouchon un peu trop loin, Maurice ! T'as craché dans ton Yop ? Omo, Micro Crapoto, Maousse Costo, la garantie propreté, si vous n'êtes pas satisfait, vous êtes remboursé et je ne sais pas pourquoi, quand j'ai entendu celle-là, j'ai cru qu'Andrea me regardait.

Un astéroïde se dirige vers la Terre à la vitesse de 35 000 kilomètres à l'heure. Bruce Willis, Ben Affleck. Ne manquez pas *Armageddon* au cinéma. Mais qu'est-ce que tu fais là-haut ? Je prends de la hauteur, je suis devenu réparateur de toiture chez Attila. Vous aussi, bénéficiez d'une formation en métiers de la toiture et rejoignez l'équipe d'Attila au 05.12.12.00.01. Vous voulez un scoop sur But ? Jusqu'au 31 juillet, ils lancent une opération déstockage. Jusqu'à moins 50 % sur tous les rayons. Canapés, literies, déco, électroménager, hi-fi et alors je me suis demandé si là-bas, j'aurais pu avoir mon walkman au rabais.

Quand j'en ai eu assez, j'ai voulu faire une sieste mais dès que je fermais les yeux, je voyais ma mère sur son lit de métal, le regard clos, les cheveux emmêlés, la main gauche qui pendillait dans le vide. J'ai essayé de la chasser de mon esprit, sans y arriver. J'étais condamné à rester éveillé alors j'ai regardé par la vitre. Je regardais chaque automobiliste qu'on doublait et Andrea m'a vu faire. Il m'a dit que ça ne se fait pas de regarder les gens comme ça et je n'ai pas compris pourquoi.

Au volant, Andrea se contentait de choisir les départementales et j'ai demandé pourquoi on ne prenait pas l'autoroute, c'était plus simple et Andrea a répondu que les péages étaient devenus trop chers et immédiatement j'ai culpabilisé pour le walkman. Avec les petites routes de campagne, on pouvait voir du paysage surtout. Andrea avait raison, sauf que les paysages étaient toujours les mêmes et donnaient le bourdon, des petits villages à la rue unique d'où l'on voyait une boulangerie, un bar fermé et en face une petite église triste. Des champs sans culture séparaient tous ces lieux-dits. Des terrains jaunes et gris avec des vaches dont l'odeur débarquait quinze secondes plus tard, parfois des chevaux aussi, ou simplement des enclos vides avec d'immenses bassines d'eau, à se demander où était le troupeau.

Il restait encore quelques heures avant d'arriver à destination et j'avais de plus en plus envie de fouiller la boîte à gants. J'ai attendu, la boîte à gants serait comme une récompense. J'ai attendu que les paysages changent et dès que les maisons aux toits orange ont laissé place aux maisons aux toits gris, je me suis dit c'est maintenant. En parlant de ces toits, Andrea m'a dit on appelle ça des ardoises, et merci appelle-moi débile aussi. C'est là où j'ai compris qu'avec Andrea la route serait longue mais l'été aussi.

Le long des ardoises, j'ai commencé à farfouiller l'air de rien dans sa boîte à gants. Il y avait plein de tickets de caisse, un étui à lunettes, des Rennie pour les crampes d'estomac et j'espérais autre chose. Un passeport contrefait, un flingue, des préservatifs, quelques trucs plus ou moins illicites qui me rendraient Andrea plus énigmatique et puis mon oncle m'a demandé tu cherches quelque chose en particulier ? J'ai dit que non puis je me suis ravisé. Des chewing-gums. Tu pues à ce point de la gueule ? J'ai trouvé ça violent, c'était la première fois qu'Andrea me vannait. Il m'a dit t'inquiète pas, on passera tout à l'heure en prendre à l'aire de repos mais maintenant faut rouler, sinon on n'y arrivera jamais.

WHERE ARE WE NOW?

Ma mère est un disque rayé et ma chambre sent le renfermé.

Chez Andrea, on est arrivés à minuit et pas le temps pour une visite, il fallait dormir. Depuis mon lit toutefois, j'ai regardé chaque détail. Il y avait des maquettes d'avions reliées à des fils depuis le plafond. J'avais l'impression d'être dans *Star Wars*, sauf que je n'y connais rien à cette saga. J'ai beau avoir vu les VHS trois fois, je n'imprime pas, ne retiens rien, au grand dam de mon père qui me jugeait en silence quand je préférais remettre inlassablement la cassette de *Sister Act*.

Dans la chambre qui sent le placard, la tapisserie est jaune et vieillie, une mappemonde étalée sur quatre murs. En haut sur la frise, j'ai déchiffré malgré la pénombre « Mappe-Monde Géo-Hydrographique » et j'ignorais ce que ça signifiait. Sur le mur de gauche, entre les placards et la fenêtre, la frise continuait, « Description Générale du Globe Terrestre et Aquatique en Deux Plans Hémisphériques »... Pas de chance, j'abhorre la géo. Incapable de punaiser Dijon sur une carte de France et qu'on ne me demande surtout pas de situer le Bélarus ou Hong Kong. La frise s'est étalée jusqu'à la porte, « Où Sont Exactement Remarquées en Général Toutes les Parties de la Terre et de l'Eau, Suivant Les Relations Les Plus Nouvelles », et j'avais l'impression que tous les murs se moquaient de mon ignorance.

Pour ne pas fixer la mappemonde, j'ai cherché des détails sur la vie d'Andrea. Un tapis de gym sous la commode à droite. Un ballon de foot à moitié crevé. Des baskets sales. Un sac à dos, une banane noire. Des pièces de monnaie égarées. Un paquet de chewing-gums entamé. Une autre veste en cuir, perfecto plutôt, ma mère me reprendrait si elle m'entendait. Sur le portemanteau accroché à la porte, une chemise de costard, un peignoir et tiens Andrea est du genre peignoir, comme quoi. Au-dessus de moi, des trophées en laiton, des médaillons, des rubans tricolores, des statuettes et j'avais senti qu'Andrea faisait du sport vu ses épaules carrées.

Une bonne heure, je me suis demandé quel sport exerçait mon oncle et j'en suis venu à la conclusion que je ne savais rien de sa vie, de ses goûts, de ses collections de maquettes d'avions. J'ignorais qu'il portait une banane, comme ces jeunes aux cheveux rasés et aux habits militaires qui traînent dehors avec leurs dobermans. Grâce à la nuit, j'ai compris une chose. Je ne savais rien d'Andrea. Tous ces objets le disaient. J'allais vivre chez un inconnu et le pire, c'est que j'ignorais quand j'allais en repartir.

Au matin, je me suis levé tard. Andrea n'a pas tenu à me réveiller ou alors peut-être a-t-il simplement oublié. Oublié que j'étais là, dans la chambre d'à côté, sous sa responsabilité désormais pour tout l'été. Andrea s'est peut-être dit si le gosse pionce, je peux gagner quelques heures de répit. J'aurais fait ça aussi.

Quand je me suis levé, mon oncle était sur un tapis de gym au milieu du salon. Sur son coffre en bois laqué, il avait installé mon combattant bêta parmi les cadres de ses parents, mes grands-parents italiens, une photo de ma mère et lui enfants au milieu d'une gorge parmi des canoës, et ça m'a fait plaisir, j'avais l'impression qu'il nous faisait, mon poisson et moi, entrer dans sa vie. Sur son tapis, Andrea faisait du gainage et des crunchs, je ne connaissais pas le mot mais du reste ça m'a donné faim. Andrea n'a pas bougé de son matelas. Il était en position planche, les bras tendus comme des piquets tremblants, le torse nu et c'est la première fois que je le voyais sans pardessus. Andrea était musclé, dessiné au pinceau, et je m'en suis voulu de laisser mon regard défiler furtivement sur ses triceps saillants et ses trapèzes tendus devant moi.

Andrea est retombé en masse sur son tapis et m'a dit d'une voix hors d'haleine, si t'as envie de manger un truc, la cuisine est par là. Son regard indiquait à droite alors j'ai suivi le petit couloir mal éclairé, regardé les quelques tableaux cachés dans la pénombre, des aquarelles un peu kitsch, des portraits en noir et blanc, des galets empilés, une forêt dense derrière une scierie, et me voilà devant les placards d'une pièce carrelée qui sentait les agrumes et d'autres fruits.

Dans les placards, il y avait surtout que tchi et ça m'a fait penser à ma mère qui dit toujours lorsque le frigo est vide que ce sont les raisins de la colère. Dans les placards d'Andrea, j'ai fouillé pour un biscuit, des miettes de céréales, une entame sèche de brioche, une dernière tranche de pain de mie. Il n'y avait rien de tout ça, si ce n'est des boîtes et des boîtes de légumes, à croire qu'Andrea se préparait à la guerre ou à une attaque nucléaire et pour moi, sans façon, c'était trop tôt pour me faire rissoler des haricots verts.

Sur l'étagère au-dessus de l'évier, je suis tombé sur un paquet de spéculoos derrière des conserves de citrons confits. Comme le paquet était neuf, je n'ai pas osé l'ouvrir. J'ai jeté mon dévolu sur le frigo et j'ai eu plus de chance. Il y avait une brique de lait entamée et une bouteille de jus d'orange sanguine et je me suis dit, qui achète de l'orange sanguine dans la vie ? J'ai pris un verre après avoir cherché parmi les casseroles et les couverts et j'ai goûté, vraiment trop acide. Alors comme un enfant, j'ai bu un grand verre de lait et bien sûr qu'Andrea est arrivé au moment où j'en avais plein les lèvres.

Tu as trouvé de quoi manger ? J'ai pris la manche de mon pyjama pour m'essuyer la bouche et j'ai imaginé lui répliquer, oh oui je me suis empiffré, quel festin, merci, j'ai hésité longuement entre les Choco Pops ou les Krispies, les pains au lait ou les tartines, mais finalement je me suis décidé à dévorer la belle brioche vendéenne, j'en ai mangé les trois quarts, ta confiture aux fruits rouges est à mourir.

Au lieu de ça, j'ai répondu d'une voix faiblarde que je n'avais pas faim et Andrea s'est senti mal. Il a ouvert toutes les portes de ses placards, a attrapé sa corbeille de fruits et m'a dit tu veux un milk-shake, un jus frais, j'ai des biscottes, je crois, dans la réserve en bas, tu manges des biscottes, toi ? Non je ne mangeais pas de biscottes. Il me prenait pour un vieillard sans dents ou quoi ? Andrea m'a dit qu'il avait du beurre, un beurre produit ici par des fermiers du coin et ça me faisait une sacrée belle jambe, sa matière grasse natale.

Alors qu'Andrea filait dans la réserve, j'ai pensé à ma mère. J'ai imaginé lui raconter la scène, quand elle me demanderait ce que j'avais mangé chez son frère tout l'été. Du lait et du beurre, que je lui aurais répondu d'une grimace contrariée. Du lait et du beurre à même la brique, tu sais. Absorbés avec une paille, pratique, en intraveineuse pourquoi pas, désormais je ne mange plus rien de solide maman, je vais à l'essentiel et je fais du gainage.

Pour faire rire ma mère, j'en aurais fait des tonnes. J'aurais fait un sketch et de la mise en scène. J'aurais extrapolé, exagéré, caricaturé, j'aurais mis des voix, des gestes, des moues, j'aurais répété du lait, du beurre maman, j'aurais fait tout ça comme un pro pour voir ma mère comme avant, pour l'entendre surtout, maman, son rire éclatant, son bruit à elle, enchantant.

HELP YOURSELF

Ma mère est partie et rien que pour moi, Andrea a rempli un caddie.

SHOULD I STAY OR SHOULD I GO ?

Ma mère est une maison vide et j'explore celle que j'habite. Chaque jour, c'est devenu ma lubie. Je visite les pièces comme de nouveaux souvenirs. Je prends mon temps, la visite patiente, l'examen vigilant, en me disant que coin après coin, l'été sera moins dévorant. Les premiers soirs, j'ai passé au peigne fin ma chambre et les vestiges d'enfance d'Andrea sans rien trouver. J'ai ensuite perquisitionné la réserve et la salle de bains, garantie sans médicament douteux, sans drogue nébuleuse, seulement des baumes après-rasage et des parfums qui cocottaient le mâle.

Hier, j'ai fureté dans la chambre du sous-sol dont j'imaginais beaucoup de choses. C'était une pièce vaste et froide, sans fenêtre mais dotée d'une petite lucarne, située dans le prolongement du garage, et dans cette chambre, se trouvaient un grand lit qui ressemblait à un autel mortuaire ainsi qu'une impressionnante collection de BD disposée au sol, le long des murs en crépi qui me râpaient les mains, *Tintin*, *Gaston*, *Thorgal* et *Largo Winch* et pour finir ma journée trépidante, je me suis décidé à lire *Tintin au Congo* et je n'ai pas pu m'empêcher de trouver ça raciste.

De toutes les pièces, j'avais surtout envie d'inspecter la chambre d'Andrea. Son repaire, ses tiroirs, sa table de chevet, ses armoires, mais aussi son petit bureau accolé au salon, dans lequel il passait la plupart des soirées, à pianoter sur le clavier de son ordinateur et à jouer à des parties de cartes. Quand un soir je lui ai demandé de quel jeu il s'agissait, Andrea n'a pas daigné déloger son regard de l'écran et m'a répondu Solitaire. Je ne connaissais pas le jeu mais le nom en disait long sur sa vie entière. J'aurais pu me vexer qu'Andrea ne me propose pas une partie, c'était la confirmation que mon oncle était totalement indifférent à mon sort, mais je n'avais pas la tête à m'apitoyer. J'avais la sensation que ce temps virtuel réparait Andrea, le réquisitionnait et quelque part le lavait. Derrière ou devant lui, j'aurais pu m'ouvrir les veines, avaler du verre pilé, agoniser à l'autre bout de la maison, m'étouffer dans ma bile après une crise diabétique qu'Andrea n'aurait pas bougé un cil pour ne pas mettre en péril sa partie de Solitaire. Et de toute façon j'aurais refusé son invitation à jouer avec lui. Je déteste les jeux de cartes et les jeux en général, ça finit toujours de mal en pis.

Mon isolement pris en patience, je me suis promis d'attendre qu'Andrea parte le lendemain matin pétrir sa pâte à pain. Dès que j'ai entendu la porte claquer, je me suis levé. Le bureau était à moi pour la journée. Dans la pièce fétiche d'Andrea, tapissée de cadres de bateaux sur lesquels mon grand-père avait navigué tout au long de sa carrière, j'ai pris d'assaut sa tour centrale. Il me fallait décoder son mot de passe. Inutile d'avoir fait Saint-Cyr pour ça, les gens composent toujours la même chose, leur nom ou celui de l'animal associé à une date de naissance et après une bonne heure d'essais, j'ai tapé Caroline1967, le nom de sa tortue que je n'avais encore jamais vue, et l'ordi a démarré. Dès lors, j'ai eu une révélation : Andrea avait eu trente ans l'an passé, il était moins jeune que je l'imaginais.

Sur l'ordinateur comme dans les lieux de la maison, il n'y avait pas grand-chose à se mettre sous la dent. Beaucoup de compta, des factures, des noms de sous-traitants et de marchandises. Dans la partie images de l'ordi, après les fonds d'écran Windows qui montraient un champ vert, des volutes bleues ou la muraille de Chine, j'ai découvert des photos d'Andrea et de son ex. La légende disait qu'elle s'appelait Stéphanie. Face aux images, j'ai été pris de vertige. Moi qui cherchais depuis le début à m'introduire dans la vie d'Andrea, je me suis senti trop introduit. Voilà que sur la chaise de bureau qui pivotait sur elle-même, je scrutais à présent les photos d'amour et les albums de vacances en Angleterre devant Buckingham Palace, au Portugal sous les azulejos et au Maroc où Andrea posait fièrement avec un singe sur l'épaule au milieu d'une grande place ceinturée de roulottes, un singe triste avec un petit chapeau à sequins, un pauvre petit macaque tenu en laisse comme un esclave, tandis qu'au premier plan Andrea souriait de toutes ses dents, ses bras encerclant Stéphanie par la taille, et j'ai pensé un singe autour de la nuque, bienvenue les maladies.

Dans un dossier virtuel, je prenais conscience que j'en apprenais plus sur mon oncle qu'en des dizaines de conversations. Je voyais

Andrea en touriste, en conducteur de fourgonnette, en boulanger au visage blanchi par la farine, fier d'exhiber ses baguettes en forme de homard et d'araignée, en masseur de pieds aussi et en concubin attentionné sur le canapé dans lequel je m'assieds chaque soir désormais pour regarder *Un gars, une fille* à la télé. Ces photos en vérité m'ont fait de la peine. Je sentais celle d'Andrea à présent, lui qui ne pouvait vivre son chagrin à cause de cet adolescent omniprésent et le soir même, pour m'excuser d'être là, je me suis promis de cuisiner un plat à Andrea.

Mais ce matin, j'ai préféré jouer au Solitaire. J'ai cherché le nom du jeu dans la barre de recherche et j'ai lancé l'écran vert. Des cartes se sont étalées. J'ignorais complètement les règles et j'ai cliqué sur des neuf de cœur et des as de pique. Quand les cartes ont commencé à se déplacer, j'ai compris la méthode. Il fallait former quatre tas dans l'ordre croissant et bonjour que c'était palpitant. J'ai fermé l'écran sans sauvegarder ma partie et je me suis dit qu'Andrea avait peut-être besoin d'une Game Boy ou d'un Risk pour étancher ses soirées.

Mon oncle ne rentrait déjeuner que dans deux heures et dans son bureau, j'avais le temps de fouiller. Je ne voulais plus explorer ses dossiers personnels, ça me filait trop le bourdon et tout à coup, Internet m'a tenté. C'était la première fois que je cliquais sur un modem. La première fois que j'entendais ce bruit mécanique. Le modem s'est allumé et le monde était à moi d'aussi loin qu'on regardait. À la connexion, l'écran m'a offert une sorte d'avertissement. Il ne restait plus que cinquante-quatre minutes d'ADSL et j'ai hésité. Andrea savait sûrement combien de minutes il lui restait.

Comme l'envie était trop forte, j'ai atterri sur Yahoo. Il fallait écrire des mots-clés pour atteindre les sites, comme au CDI avec le thésaurus dont nous bassine la documentaliste pour les recherches bibliographiques. Évidemment je n'avais aucune envie de me documenter sur *Pierre et Jean* ou *Boule de suif*. J'ai tapé les premières choses qui m'ont traversé : homme nu. J'étais fébrile. Je transpirais. Sur la page du moteur de recherche, des noms de sites sont apparus et j'imaginais que la police allait débarquer d'une seconde à l'autre, la porte enfoncée au bélier, mon corps plaqué près de la table basse en verre de mon oncle qui, lui, me condamnerait du regard pour mes vices cachés.

En lisant les accroches de chaque site web, je suis resté sur le qui-vive. Une fièvre dans le poitrail me tenaillait. J'ai respiré un grand coup, tendu une oreille près de la porte pour guetter l'arrivée d'Andrea ou de la police, une autre près de la véranda par laquelle Roger le voisin déboulait à l'improviste et j'ai cliqué sur un site. Sur la page d'accueil, deux hommes au torse glabre me souriaient. Ils se tenaient la main comme deux danseuses classiques, leurs pectoraux se faisaient face. Ils portaient des shorts très courts en nylon qui ressemblaient à celui des basketteurs de la NBA. Une bannière scintillait devant mes yeux, il fallait jurer avoir plus de dix-huit ans et bien sûr j'ai juré. Promis. Craché. Je suis entré dans la caverne, c'était moite, je sentais d'ici l'humidité, pour preuve j'en avais les mains qui glissaient sur la souris et mes genoux tressautaient.

Manque de chance, les vidéos étaient payantes mais dans l'onglet à côté, quelques captures d'écran étaient disponibles. J'ai cliqué sur la vidéo « Dani et Samuel font une proposition indécente à leur jeune voisin mexicain » parce que j'avais très envie de découvrir le visage du Mexicain. Pixel après pixel, l'image peinait à s'afficher quand un bruit derrière moi a retenti. De peur, j'en ai arraché le fil de la souris. Le chat de Roger venait de grimper sur le toit de la véranda et j'ai rebranché la souris. J'ai maudit l'animal et mon souffle repris, j'ai découvert le visage du Mexicain. On ne voyait pas tellement ses traits mais ça m'allait. Ensuite, j'ai cliqué sur chaque capture pour faire la rencontre de Dani et Samuel. Des pulsions s'animaient dans mon ventre. J'avais l'impression que c'était le carnaval dedans, une grande fête foraine bruyante et intimidante. Plus je zieutais le corps de Dani, plus les notes cognaient dans mon ventre comme un avertissement, comme ces après-midi à la maison où j'attrapais en douce les catalogues de La Redoute de ma mère pour scruter les mannequins en slip.

Devant l'écran d'Andrea, une voix me condamnait avec sévérité. La voix disait que j'étais un désaxé. Mais une autre voix disait de me laisser faire, que c'était une valse, qu'il suffisait d'aller au rythme des pas. Tiraillé, je ne savais comment lutter. J'ai cliqué sur une autre vidéo, payante elle aussi, mais il y avait un extrait, Karim et Léo se trouvaient au beau milieu d'un parking, près d'un scooter et de deux voitures aux phares allumés. L'ambiance me rappelait *La Haine*, ce film que j'avais détesté avec Vincent Cassel. Mais j'ai quand même scruté l'image de l'homme étendu sur le capot, avec mes deux voix intérieures qui s'empoignaient. À coup sûr, le gars était Léo, il était petit, nu, il portait des Nike et des chaussettes blanches aux pieds et une casquette Umbro à l'envers sur le front. Il n'avait pas l'air beau mais c'était exactement ce que je voulais.

J'ai imaginé très fort Léo au point de sentir la chaleur du capot et le chat de Roger est redescendu de la véranda, ça m'a foutu la frousse mais je n'ai arraché aucun fil. J'ai continué à regarder l'arrivée de Karim dans ce foutu parking, tant pis si Vincent Cassel se tenait derrière moi prêt à me casser la gueule à coups de batte. J'ai retenu chaque corps nu, chaque angle, chaque ombre projetée sur le goudron gris de ce parking de nuit et le bruit d'une clé dans la serrure a résonné depuis le couloir, c'était Andrea. J'ai manqué de m'étouffer. Andrea rentrait plus tôt pour déjeuner. Il était là, à quelques pas, alors que j'étais en compagnie de Karim et Léo, mes invités de choix. Andrea se déchaussait et fissa j'ai reboutonné mon bermuda. J'entendais chaque mouvement de lacet, chaque seconde de plus qui s'égrenait avant mon flagrant délit de parking. En deux-deux, j'ai voulu éteindre, arracher les fils, larguer les amarres et parce que je ne savais pas comment me déconnecter du modem, j'ai seulement pris mon pouce pour appuyer durement sur le bouton au centre de la tour. L'ordinateur s'est éteint, ça a fait un bruit sourd comme une secousse. C'était fini. Mon crime s'était volatilisé. J'étais lavé de mes péchés, guéri, amnistié, réhabilité, et au loin, j'ai lancé d'une voix de cachottier, t'as passé une bonne matinée ?

SUMMER CANNIBALS

Ma mère est loin et une semaine a filé. En vivant chez Andrea, je m'interroge. Est-ce que mon oncle a des vices lui aussi ? Est-ce que le vice ne serait pas une affaire de famille ? Présent dans l'ADN, hérité de père en fils, inscrit quelque part sur le patrimoine génétique, entre la couleur des yeux, le groupe sanguin et la forme du nez ?

Ici et sans savoir pourquoi, je cherchais sans cesse à deviner le vice de mon oncle. Est-ce qu'il mentait, trichait, trompait à l'envi ? Est-ce qu'Andrea claquait son argent aux machines à sous ? Volait-il des articles au supermarché ou dans les cabines d'essayage ? Injectait-il du cyanure dans sa levure de boulanger ? Regardait-il parfois des images déshonorantes sur son ordi ou buvait-il lui aussi ? Les premiers soirs, Andrea n'a rien bu et je me sentais récompensé, pris par le sentiment d'une charge en moins sur mon corps en pleine puberté. Andrea ne buvait que de l'eau du robinet qu'il servait en pichet comme à la cantine du bahut, parfois un café, le matin et après le déjeuner, du Coca aussi, un soda fabriqué dans la région et je me disais qu'Andrea n'avait peut-être qu'un penchant très fastidieux pour les produits locaux.

Andrea n'a pas bu une goutte d'alcool sauf une fois. Quand son ex est venue à l'improviste lui rendre une boule d'affaires. Lorsque j'ai ouvert la porte, mes bras ont frissonné. Je reconnaissais trait pour trait l'ex des photos de l'ordi. Stéphanie n'a pas eu le temps de me demander qui j'étais qu'Andrea s'est manifesté, une main sur mon épaule, à me prier d'une voix perturbée de les laisser. Je suis allé dans ma chambre comme un enfant grondé, mais dans la conversation lointaine, j'ai compris que Stéphanie et lui devaient se marier cet hiver. Les bans étaient prêts tout comme la liste des invités, le choix du traiteur, la composition des fleurs. Andrea recensait chaque détail comme un juge aurait énoncé les faits incriminés. Le mariage n'a pas eu lieu, Stéphanie a rencontré un autre type. En quelques jours, elle avait tout annulé, elle s'était volatilisée, elle n'avait pas eu le choix disait-elle, elle était vraiment désolée et dans la conversation, je comprenais qu'Andrea avait menacé plusieurs fois de se flinguer.

Jusque-là je n'avais jamais imaginé Andrea en homme triste, mais comme un de ces gaillards réservés et introvertis qui se contentent d'eux-mêmes pour exister et d'une seconde à l'autre, j'ai visualisé Andrea mort dans son bureau, une des armes de mon père à la main et dans mon esprit, son visage ensanglanté ressemblait à celui de ma mère.

Dans le salon, le ton est monté. Il en voulait à Stéphanie, il cherchait à savoir si elle fréquentait toujours le connard comme il aimait à l'appeler, si bien que Stéphanie a préféré arrêter les frais et alors j'ai entendu la porte claquer comme de nombreuses fois dans mon passé tourmenté. L'ex déguerpie, Andrea paraissait chamboulé, ses tempes pulsaient comme l'eau bouillante qui gicle sur la gazinière et Andrea avait besoin d'un remontant. Il s'est servi un verre de cognac comme chez la voisine lorsque ma mère et moi passions la saluer. J'ai montré patte blanche dans le salon et à mon oncle j'ai tendu la télécommande comme pour faire diversion. Andrea s'est enfoncé dans le canapé et il m'a dit l'amour c'est de la merde, ne tombe jamais dans le panneau. Andrea était comme un père à cet instant-là, un père désabusé mais plus père que celui que j'avais jusque-là rencontré.

Les heures qui ont suivi, Andrea est devenu plus taiseux encore qu'il ne l'était. Ses phrases étaient des monosyllabes faiblement liées les unes aux autres par des tuteurs de pacotille qu'il attachait à la main au prix d'un effort d'athlète. Le repas formait d'interminables silences, on pouvait se croire à l'église, il manquait seulement le crucifix et l'odeur d'encens. Andrea déchirait le pain à la main et en bon commensal me passait les plats sans un regard. Entendre les mouches voler n'était plus une image et le JT de Claire Chazal depuis le salon grésillait : aggravation de la crise financière en Asie, pénurie sérieuse des dons d'organes, déficit historique de la Sécurité sociale, famine au Soudan occupé par les islamistes, incendies spectaculaires dans la garrigue de Marseille, et c'était gai tout ça, tu veux encore des frites ?

J'ai pris congé poliment, rangé mon set de table et mes couverts. En quittant Andrea paralysé devant son assiette, je me suis dit que le chagrin, finalement, pouvait être un vice aussi.

Ce soir-là j'avais besoin d'air. Alors pour continuer ma fouille quotidienne, j'ai jeté mon dévolu sur le jardin. J'ai commencé par inspecter la cabane à outils recouverte par les feuilles d'un figuier. Je tâtonnais sans joie parmi les vieux seaux percés, les sachets de graines dans la terre, les sécateurs et les débris de verre disséminés autour d'arrosoirs esquintés. J'ai repensé à Romain tout à coup, aux cachettes qu'il nous trouvait avant de venir me chuchoter à l'oreille des insanités. Je suis sorti de là retourné, j'avais mal au cœur et à l'estomac. C'était peut-être le steak ou l'odeur du cognac qui me rappelait d'autres liqueurs de famille, et j'ai regardé les rosiers du voisin qui débordaient dessous la palissade et tout autour de moi, les mauvaises herbes qui grignotaient en cannibales la pelouse comme une image d'Épinal de mon été.

C'est alors qu'au fond du jardin, j'ai aperçu la fameuse Caroline. Je me suis approché d'elle d'un pas discret et c'était idiot de ma part, ce n'était pas comme si la tortue en m'entendant arriver allait prendre ses pattes à son cou. Caroline était aussi expressive et immobile que son propriétaire attablé dans sa véranda. J'avais l'impression qu'elle était morte. En voyant Caroline, j'ai compris que je faisais erreur. Elle bougeait, elle vivait. Elle ne souffrait aucunement, simplement vivait-elle au ralenti, en apologie du slow, doucement, superbement, sans se soucier d'autre chose que de son nonchalant cheminement.

Alors à mon tour, j'ai ralenti mes gestes pour contempler la lenteur de Caroline. Je l'ai regardée longtemps. Je regardais la créature sortir doucement de son bosquet, ses écailles avançaient millimètre par millimètre dans les herbes jaunies par le soleil, ses pattes courtes sans bruit s'enfonçaient dans le sol comme de minuscules parasols, ses griffes lourdes et élégantes avançaient à pas comptés, j'y voyais un spectacle grandeur nature et comme le reste, ses yeux lentement clignaient insensiblement et s'ouvraient progressivement, comme sortis d'un sommeil millénaire et tout à coup devant la tortue centenaire qui désormais me dévisageait, je ne sais pas ce qui m'a pris.

Je me suis mis à pleurer.

STAIRWAY TO HEAVEN

Ma mère est ma tristesse et mon seul remède est une tortue aboulique. Si j'avais un jour pensé que j'allais passer tout un été à contempler les écailles d'un animal, j'aurais immédiatement ouvert le gaz. Mais matin et soir, je médite auprès de Caroline, Caroline qui m'écoute sans broncher, reste stoïque, attentive quand je parle de ma mère, Caroline qui ne tourne jamais les talons, prudente et pusillanime, à mâchouiller une brindille avec parcimonie et qui ne me juge jamais, même quand je lui raconte ce que Romain m'a fait.

Pour la remercier, je lui offre ma main en guise de caresse mais Caroline n'aime pas quand je m'approche trop près. Sa tête rentre immédiatement à l'intérieur de sa carapace et je lui dis excuse-moi, vieux réflexe. Dans le jardin, je réunis quelques feuilles encore vertes, des petites pâquerettes, quelques bourgeons, des baies, le cadavre de quelques criquets et les dispose en tapis d'offrande devant elle pour lui dire merci, ça m'a fait du bien de te parler, Andrea est sur le point de rentrer.

En partant du jardin, je me promets toujours de cesser les visites de courtoisie mais les lendemains, je reviens et lui dis ah au fait, je t'ai raconté mon père quand il a disparu sur l'île de Ré ? L'œil droit de la tortue bascule délicatement à mon endroit. Sa tête sort graduellement de sa tanière, ses griffes guettent une offrande, et je me mets à déballer.

Et puis Andrea m'a grillé. Il était rentré plus tôt, m'avait cherché jusque dans la réserve et voyant ma silhouette agenouillée près des bosquets d'épines, Andrea, comme sa tortue, s'est avancé doucement. Il se demandait ce que je trafiquais. Progressivement Andrea m'a entendu raconter, il percevait des bribes, des mots-clés, l'île de Ré, la moto, les trois jours sans manger. Andrea a compris qu'il était en train d'espionner, il s'est senti sale, il a toussé légèrement dans sa gorge pour m'alerter qu'il était là et je me suis retourné. Je me suis senti très con, peut-être plus con encore que si Andrea m'avait attrapé cette fois-là devant son écran d'ordinateur à regarder des bites levées. Je me suis relevé aussitôt, j'ai frotté mes mains terreuses sur mon short jaune, ça a fait des traces noires et je lui ai dit au débotté que j'avais envie de faire un tour à vélo.

Je suis parti dix minutes plus tard avec le vélo rouge. Je n'ai même pas demandé la permission, je savais qu'Andrea me laisserait faire et depuis le garage où je regonflais hâtivement les pneus, il s'est contenté d'un regard que je n'arrivais pas à qualifier mais que j'ai essayé de décrypter tout du long de ma traversée, un regard tendre, peut-être amer, un regard qui disait je suis incapable de te parler, je n'ai jamais été à l'aise avec les mots, mais va, pédale, circule, et à mon retour mon mutisme et moi serons là.

Pendant que je traçais dans la ville, j'entendais les silences d'Andrea. Je revoyais son visage m'observer discrètement derrière moi. Je visualisais à nouveau ses mains placides sur la table pendant le dîner, ses épaules stoïques quand il regardait la télé et tout ce silence que j'affrontais pour avoir fui le bruit de mon enfance abominable. Tout à coup j'ai eu envie de foncer, prendre les boulevards à l'envers, affronter la berme, faire du bruit, klaxonner, saisir les cassis et les trottoirs de front, me casser le cul, le coccyx et le dos. Sur les pédales, mes pieds appuyaient fort comme s'ils voulaient forer la terre jusqu'à l'asthénosphère. Perdu dans la ville, je surmontais le moindre obstacle, enjambais chaque parcelle, chaque frontière, chaque pente raide grimpée sans crampe dans les mollets, les douglas défilaient comme des vignettes devant mes yeux et sous les résineux, je devenais endurant, héroïque, je n'avais plus les habituels points de côté des classes de sport, je surmontais chaque montée en danseuse, qu'on m'appelle Balanchine et qu'on m'applaudisse sous les halogènes du monde entier.

Après trente minutes de course, je me suis posté au milieu d'un carrefour tapissé de bâches vertes et j'ai sorti le walkman de mon sac. J'ai appuyé sur *play*. Les chansons de ma mère et tous mes souvenirs revenaient dans mes oreilles. J'ai écouté, revu des images, simulé un riff de guitare sur scène, après quoi j'ai repris la selle, j'ai sprinté pour aller, où, j'en avais rien à faire, peut-être dans l'oubli, ou dans les airs, et parmi les voitures que je n'entendais plus à cause de Led Zeppelin, j'aurais pu me faire faucher et ce n'était plus grave, c'était la loi divine, la chanson disait *Yes, there are two paths you can go by, but in the long run, There's still time to change the road you're on*[1], alors oui dans la vitesse et la musique, la mort pouvait surgir. Je l'attendais.

Une heure de vélo et je me suis retrouvé là où je voulais, au paradis du nulle part. Je ne reconnaissais plus rien. Au loin, j'entendais l'océan qui frappait contre le sable. Des hôtels et des immeubles étaient dressés le long du littoral. Je me suis approché en me disant que je n'avais aucune idée du chemin à suivre pour rentrer. Tant pis, j'ai pédalé sur la grève. Sous la longue digue étalée comme un manteau, j'ai découvert ces troncs d'arbres sombres plantés dans le sable et je suis descendu, appelé par ces ombres noires. Le vélo écroulé dans la beige, j'ai regardé les arbres et j'ai écouté les vagues. Je me suis assis au milieu de la plage, le vélo derrière moi, avec son inscription argentée du nom de Poulidor qui brillait au soleil, ce nom que je ne connaissais pas il y a encore deux semaines et que m'a défini Andrea. C'était un cycliste notoire des années 70, pas un grand champion, l'éternel deuxième des compétitions et ça m'allait bien de rouler avec lui, ça me ressemblait faut dire.

1. Oui, tu peux choisir entre deux voies, mais au bout du compte / Il est toujours temps de changer de route.

Je me suis relevé en regardant au loin le bastion de pierres perdu au milieu de la mer et trop curieux, je suis allé voir ces arbres sans tête qui semblaient pousser parmi le sablon. Je n'ai pas retiré mes chaussures ni mes chaussettes. Je me suis enfoncé dans le sable et j'ai rampé comme ça, jusqu'aux arbres qui m'attendaient. Je les ai touchés pour les réaliser. J'avais l'impression d'examiner des fantômes, des corps vides, tordus, malades, qui enfermaient la lumière. Les troncs étaient durs et secs, des remparts de brique et de plâtre, et peut-être qu'ils l'étaient, des remparts écorcés pour prémunir la ville contre l'océan et tout à coup, derrière eux, une voix résineuse a retenti. Un rai de soleil dans les yeux, je ne l'ai pas vu tout de suite. Avec son accent étranger, la voix disait ce sont des fûts de chêne, je crois qu'ici on appelle ça des brise-lames, c'est beau n'est-ce pas ? C'était une voix chaude, qui venait d'ailleurs, alors je me suis retourné, ma main l'a cherchée comme si j'étais aveugle désormais. Mon corps progressivement s'est détaché de l'arbre sans tête, mes baskets se sont remplies de sable, ça m'a alourdi et j'ai reculé de quelques pas, en décalage du soleil qui m'éblouissait. Ma sueur perlait doucement sur mes tempes creusées, j'ai avancé, mon visage s'est éloigné des fantômes de la plage et au milieu d'entre eux, j'ai rencontré William.

WALK LIKE AN EGYPTIAN

Ma mère ingurgite façon marmite et j'ai rencontré William. Il m'a dit son prénom comme on dit bonjour. Il ne s'est pas forcé à sourire. Il n'a ni courbé l'échine ni rougi. En trois syllabes il s'est présenté, il m'a fait signe de le suivre et sur la plage, je l'ai suivi.

À cause de la lumière, je percevais mal son visage. Le soleil dorait son regard, ses mains brillaient, sa voix éternuait comme prise par un froid caché, ses jambes imberbes qui paraissaient comme deux fusées dépassaient d'un bermuda large à grosses poches. J'avais beau être aveugle, j'étais surtout pris dans les sables mouvants de sa voix enrhumée. William n'était pas d'ici, du moins il n'était pas français. Sa tonalité était élégante et vu sa peau blanche, j'hésitais, était-il allemand, danois ou irlandais ? William passait furtivement parmi les brise-lames en chêne, sa silhouette disparaissait, réapparaissait, j'avais l'impression d'être dans un rêve, de suivre un mirage, une forme trouble qui s'évaporait dès que j'osais m'approcher.

Puis William s'est avancé au bord de l'eau. Il m'a demandé si j'aimais la mer et je me suis dit que son accent n'avait rien de germanique en fait. William a défait ses baskets qu'il a entrelacées l'une à l'autre et mises sur son épaule comme un baluchon. J'admirais son geste sûr, on aurait dit un vieux briscard. En éternuant à nouveau trois fois, William a mis les pieds dans l'eau, il s'est frotté le nez avec les doigts et il m'a dit que l'eau était froide. Mais William s'en est foutu, ça se voyait que c'était un téméraire et, disait-il, qu'à force on s'habituait au froid, qu'il n'y avait rien de mieux pour se régénérer.

Je suis resté derrière William pendant qu'il barbotait. Je faisais face à son dos immense, ses épaules déclenchées, son port altier, sa taille paraissait haute et svelte comme un danseur, un athlète, un grand champion, et plus je contemplais son dos à contre-jour, plus j'avais l'impression de voir une carte du monde comme celle de mon exil passager.

De temps à autre, William se retournait pour m'inciter à plonger. Il disait allez, comme s'il posait une question, un défi, rejoins-moi, tu vas aimer. Son regard était comme une ombre sous les nuages épais. William semblait aussi beau qu'inquiétant et personnellement, pas question de mettre un centimètre carré de peau dans cette eau givrée, je préférais contempler l'inquiétude et la beauté comme un spectateur chaviré.

William a fini par sortir de l'eau en se secouant les bras. Ses pieds avaient rougi par le froid, il y avait quelques poils noueux sur ses deux gros orteils, ça ne m'a pas tellement plu et je me suis surtout dit qu'il fallait que je cesse de scruter les gens comme ça. William m'a invité à me promener au bord de l'eau, il m'a dit voudrais-tu marcher avec moi et j'ai trouvé ça charmant.

Baskets brinquebalantes sur ses omoplates, William a ouvert la voie. Il s'est dirigé vers le fort et les remparts, il marchait en biais comme un pharaon. Il était toujours aussi taiseux et je me suis dit que pour me faire passer l'été, ça ne ferait toujours que deux taiseux à gérer. William était avec moi depuis une heure déjà et il ne m'avait pas encore demandé mon prénom. Il ne m'avait encore rien demandé. Pour lui, je pouvais être n'importe qui, je pouvais m'inventer une vie, une histoire, une origine et l'espace de quelques instants, j'ai pensé lui mentir comme je savais si bien le faire aux amis. Lentement je regardais William marcher le long de l'eau comme un philosophe et en silence, je préparais mon coup, je m'appelais Basile, non Timothée, mes parents étaient banquiers, on était en voyage d'affaires, une cure thermale, finalement ils étaient chefs d'entreprise, ils voyageaient de Séoul à New York et venaient me montrer la mer pour se déculpabiliser de n'être rien que des parents pressés.

Au-dessus de la digue, des mouettes volaient en rasant les pierres et j'ai brisé le silence en parlant de ces rapiats qui cherchaient sans cesse à attraper le cornet de glace ou le bout d'un sandwich d'un touriste esseulé. William a ri, son sourire était brutal, comme si la plus rapide des mains avait accroché sa bouche au niveau des joues. William m'a fait répéter le mot rapiat et pour qu'il comprenne, je l'ai troqué contre le mot rapace. William a ri plus fort et c'était plus beau que la plage, la mer et le ciel à la fois.

Tout au long de la promenade, les vagues étaient inoffensives, si bien qu'elles n'éclaboussaient pas les chevilles. J'avais l'impression d'être au bord d'une mer de vieux, une mer de grands bourgeois, une mer pour séniors en déambulateur tandis que William, j'en étais sûr, préférait les rouleaux, les courants, le déchaînement des éléments. Quand la marée s'est mise à descendre, William a commencé à regarder sa montre. Je voyais la marque de l'eau sur le sable mouillé et la mer incapable de viser plus haut. Le fort au milieu de la mer sortait progressivement des flots. Des pierres dessinaient peu à peu un chemin et apparaissaient des fonds marins comme des queues de sirènes. J'ai dit à l'étranger aux orteils velus, tu veux aller visiter le monument là-bas, en levant mon doigt devant moi, et William m'a répondu qu'il ne pouvait pas, il a regardé une nouvelle fois sa montre, ses parents l'attendaient.

Je m'en suis voulu. Si j'avais continué à parler des mouettes, peut-être que William serait resté. Mais avec sa voix de voyage, William a répété une autre fois, tu restes ici longtemps ? J'ai répondu que je n'en savais rien et j'ai pensé à ma mère. Un peu brusquement, William n'a pas relevé. Il a regardé sa montre pour la troisième fois, s'est fendu d'un oh là là il est tard, mon père va me tuer et bêtement j'ai souri. Il n'y a que les étrangers qui disent oh là là comme ça.

William a remonté la plage jusqu'aux brise-lames qui n'avaient pas bougé depuis notre rencontre. Autour de nous, c'est vrai que rien n'avait changé et pourtant j'avais l'impression que le monde s'était modifié. William m'a dit qu'il était vraiment désolé, *wvément dééésaaaawlé*, il a grimpé les marches qui conduisent à la ville et en le regardant partir, j'ai été pris d'un éclair de génie, bien sûr que William était anglais.

J'T'EMMÈNE AU VENT

Ma mère est malade, il faut que je commence à y croire. Ma mère boit et les premières années pour moi, c'est une simple habitude, une manie fâcheuse, un défaut de caractère, comme celui que j'ai de m'empiffrer de saloperies à longueur de journée. Ma mère boit et qui suis-je pour décréter que ce n'est pas normal. Devant la télé, je me gave de sucres et de lipides, j'ai des goûts de luxe, une passion de boulimique, les Carambar, les Dragibus, les guimauves, les glaces à l'eau, les réglisses fourrés de sucre ou les Krema, surtout les goût cerise, et moi non plus face à mon festin tous les soirs, je ne vois pas ce qu'il y a de mal, je continue, j'avale, mes dents se carient, ma tête hurle comme un train sur le départ.

Chez moi, j'ai des paquets de sucreries plein les étagères, plein les tiroirs, j'ai le choix du roi, des caprices en veux-tu en voilà, mes copains sont jaloux, ils me disent toujours que je suis pourri gâté et c'est vrai qu'à chaque demande, ma mère s'exécute. Elle m'achète ce que je veux et sans se faire prier, elle ne prend pas les promos faciles, s'enquiert des marques exigées, intègre le nom des produits à sa longue liste et je me dis peut-être que tous ces paquets, c'est sa manière de m'amadouer et de dissimuler les lots de ses bouteilles qui font *cling cling* dans le coffre de la voiture jusqu'à l'arrivée.

Le dimanche soir, ma mère est toujours fatiguée. Elle a fait la fête jusqu'à pas d'heure, il y avait Elizabeth et Pat, ses deux copines survoltées, qui sont venues dîner et dîner tu parles, elles ont surtout clopé, bu et dansé sur la voix éraillée de Louise Attaque. D'en haut, j'entendais. J'écoutais les fous rires incompréhensibles, les déclarations d'amour, les confidences déplacées et la musique battait son plein sans discontinuer. Les murs tremblaient, je commençais à devenir fou. Les basses tapaient continuellement le long des poutres au-dessous de mon lit. Incapable de trouver le sommeil, je tournais et me retournais à mesure que Louise Attaque s'égosillait et dans mon lit chaud et énervé, j'avais oublié à quel point « l'amour est éternel et pas artificiel » : car à présent, je haïssais ma mère.

Viens, je t'emmène au-dessus des gens – non merci. Je voudrais que tu te ramènes devant, que tu sois là de temps en temps – ça c'était pas faux, si ma mère pouvait le comprendre. Et tandis que la chanson me persécutait, je regardais sans rien faire les petits bâtons rouges qui forment l'heure sur mon radio-réveil en me jurant qu'à 4 heures, j'allais me lever et faire taire pour de bon Louise, ma mère et sa clique d'empotées.

Quand ma mère boit, entourée de ses amis, je suis rassuré. Je me dis que c'est mondain, que tout le monde le fait. Qu'il n'y a rien de suspect, au contraire, qu'elle est jeune, pleine de vie, pétillante qu'ils disent souvent, comme ce mousseux qui finira en flaque grise un lendemain de cuite. Le problème, c'est que lorsque Pat et Elizabeth sont occupées, ma mère continue seule à célébrer. Musique allumée sur la chaîne, cendrier débordant de mégots, le vin qui coule à flots et se déverse sur le sol collant de sa maudite soirée, ça me fout un sacré bourdon rien que d'y repenser, d'autant que c'est moi qui récure en début de matinée.

Parce qu'elle est dans le coaltar, ma mère me fait des crêpes le dimanche soir. Elle veut se rattraper du salon pitoyable qu'elle m'a laissé. La table basse recouverte de cendres, les cadavres de bouteilles dans l'évier, les petits bouts de papier griffonnés et arrachés d'on ne sait où sur lesquels elle écrit des trucs illisibles sur mon père qui s'est tiré. Du désastre, ma mère ne reparle jamais. Au lieu de ça, elle sort le beurre, le fouet. Tête lourde, elle prépare la pâte. Au moment de mélanger la farine et les œufs, elle me tend une cuillère, comme lorsque, môme, je demandais toujours à goûter, après quoi elle sort la poêle, cuit les crêpes, ça sent le sucre et c'est le repas idéal pour tout amnésier.

Ma mère dit que pour bien commencer la semaine, y'a rien de mieux que les crêpes, attaquer lundi en grande pompe et tu parles, je sais surtout que ma mère est incapable de faire ne serait-ce qu'un hachis parmentier vu sa migraine carabinée. Alors devant la télé, je m'assois en tailleur sur le tapis importé du Maghreb, ma mère sort les confitures, le sucre et le Nutella, mes addictions à moi, et je me dis qu'être accro, c'est un truc de famille, inscrit dans le patrimoine génétique. Ma mère est minutieuse. Elle fait sauter les crêpes comme de vaines gymnastes, je mange la première au jambon puis j'arrose les autres de pâte à tartiner tandis qu'il y a *Ça cartoon* à la télé et *Mr Bean* juste après. Mr Bean me déprime comme personne, ses grimaces, son mutisme, sa petite voiture ridicule mais chaque dimanche, avec les crêpes lourdes au fond du ventre, je regarde la série, incapable de détourner les yeux. C'est la même chose pour ma mère. Je la regarde s'abreuver sans pouvoir m'en détacher. Je ne fais jamais de commentaires et je me demande si elle s'aperçoit que rien ne m'échappe depuis des années. Au fond, je ne sais pas. J'observe ma mère partir en fumée, sans agir. Comme Mr Bean, je suis la partie silencieuse de la comédie, le camp complice, le témoin de l'accident routier. Pas de mort, pas de carambolage ici. Simplement la vie qui agonise dans une poêle beurrée.

CREEP

Ma mère est hors service et je me demande au fond combien de temps je vais rester ici. Je ne me plains pas d'être chez Andrea, au contraire je crois avoir dégoté un oncle discret, pas encombrant, prévenant quand il faut, un oncle pas là pour faire des manières ni m'éduquer à la sévère. J'aurais pu atterrir dans un endroit malfamé, bordélique, aux murs torpillés d'animaux empaillés. Une maison bizarre avec un hôte spécial, un de ces oncles étranges qu'on se coltine uniquement en jour de fête et qui a le chic de balancer des répliques racistes juste après la dinde farcie. J'aurais pu avoir un oncle comme ça, un oncle xénophobe qui ne manque jamais une occasion de cracher sa valda, un oncle abruti qui débite des conneries, un oncle café du commerce, idiot du village, un oncle naïf qui croit tout ce qu'on lui dit, un oncle marginal qui collectionne les lézards, les gerbilles ou les fusils de chasse dans un petit local, un oncle rustre qui rote et crache au sol comme un personnage de Zola, un oncle sale qui sent la sueur, la terre et les pieds, dont les mains sont noires et les ongles jaunis par la solitude, un oncle ermite, antisocial, un oncle peureux et marginal, un oncle casanier et ça j'ai, je dois dire la vérité, un oncle qui ne sort jamais, un oncle taiseux qui préfère méditer sur ton tapis de gym et qui regarde les programmes télévisés les mains croisées. Mais les mains d'Andrea sont propres et niveau odeur, je crois n'avoir jamais rien relevé.

La durée de mon séjour est à l'image de mon oncle. Un grand secret. Je devrais sans doute aborder le sujet. À Andrea, demander de but en blanc au fait, je reste combien de temps ? Un mois, six semaines, un an ?

La réponse à dire vrai, c'est qu'Andrea a été pris de court quand l'appel de la voisine a retenti, quand après avoir couru hors de la chambre de ma mère, j'ai trouvé refuge chez qui je pouvais. Andrea ignore sûrement combien de temps je vais rester là, sous son toit, à regarder derrière son épaule ses émissions télé et ses interminables courses à vélo autour du col du Galibier.

Comme pour le reste, mon oncle ne me parle jamais de l'état de ma mère ni de ce qui lui est arrivé. Il sait que je suis mal à l'aise. Quand parfois il parle d'elle, dans l'évocation lointaine d'un souvenir, leur enfance dans la maison près d'ici, un de leurs innombrables voyages en Asie avec feu leur père capitaine de marine, Andrea voit mon visage se plier comme une feuille gribouillée. Je sais qu'Andrea passe un soir sur deux quelques appels. Dans son dos la nuit, j'ai refait les opérations, j'ai appuyé sur la touche magique qui recompose les numéros et je suis tombé sur le standard de l'hôpital de ma ville. J'étais rassuré, faut dire. Mon oncle à distance s'occupait de ma mère, prenait des nouvelles, restait à son chevet quand hanté, paralysé, absorbé dans les sables mouvants de ma mémoire terrifiée, j'en étais incapable.

Un soir alors qu'Andrea essayait tant bien que mal de réparer sa cafetière, elle qui chuintait et transpirait une eau chaude dès qu'il l'allumait, le journal télé passait les premiers reportages de la rentrée. Dans le salon, je me suis indigné. Comment pouvaient-ils déjà parler de la rentrée scolaire ? Andrea a ri, il m'a traité de flemmard puis il m'a dit t'inquiète pas, il nous reste plusieurs semaines avant de rentrer.

Et ce soir-là, j'ai compris que passé l'été, Andrea reviendrait avec moi, veillant sur moi, m'aidant à affronter ma mère et ma réalité.

L'AMOUR À LA PLAGE (CHA CHA CHA)

Ma mère est mon leitmotiv et William ma nouvelle pensée. Tous les jours depuis son départ, je suis retourné sur la plage, sillonnant les alentours comme un parent meurtri d'avoir perdu son enfant. J'y suis allé du lundi au dimanche, tous les jours, à heure fixe, celle où pour la première fois j'ai vu la silhouette de William parmi les arbres sans racines.

À Andrea, j'expliquais vouloir faire un tour, me changer les idées, prendre l'air. J'alternais les formules toutes faites et alors mon oncle distraitement levait la tête de son matelas de yoga, il me disait amuse-toi bien, rentre pas tard, fais attention sur la route, lui aussi était fortiche en formules banales.

Avec son vélo rouge, j'explorais la ville, ses couloirs, chaque chemin minuscule qui menait à la mer, chaque ruelle commerçante bondée de ballons gonflables, de masques en plastique de plongée et de cartes postales. J'explorais minutieusement chaque plage, Rochebonne, la Hoguette, le Sillon et celle du Bon-Secours au pied des remparts. Je cadenassais mon vélo à un poteau et mes pieds allaient en remuer les grains de sable. Dans la beige tiédie par le soleil, je marchais vite, les yeux tendus comme des jumelles et je cherchais une image, celle d'un garçon seul parmi la foule, celle d'un nageur, celle d'un fils qui bronze d'ennui entre ses parents endormis. Mes oreilles servaient de radar et dans le rouleau inoffensif des vagues, j'essayais d'attraper cette musique, cette tonalité grave, sa voix, celle qui ne m'a plus jamais quitté depuis cet après-midi-là.

Chaque jour faisant, je repartais bredouille, si bien que mes mollets tiraient d'avoir piétiné dans le mou, mes pieds pédalaient vite sur le chemin du retour, le visage déçu, fouetté par le vent breton, la tête en pleine théorie. William était peut-être rentré dans son pays. Ou était-il en vadrouille dans la ville d'à côté, ou simplement était-il casanier à passer ses journées à jouer à la Game Boy, porte de chambre d'hôtel fermée à clé ? Avec l'intuition qu'il était toujours là, je rentrais avant le dîner, la fourgonnette d'Andrea garée dans l'allée, mon oncle en pleine planche sportive dans le salon me disait t'as passé une bonne journée, tu t'es baigné ?

Andrea m'imaginait en touriste avide de démonstrations de plongeon devant des filles en bikini, une autoroute de coups de soleil sur les omoplates. Ça me plaisait qu'il m'imagine comme ce garçon-là qui s'invente des concours de nage ou d'apnée, perfectionne son crawl ou chronomètre ses sprints marins jusqu'à la grande bouée. Et parce que j'étais lâche, je lui répondais, la mer, encore un peu froide mais je commence à m'habituer. Andrea souriait, comme si ça le rendait subitement fier d'avoir un neveu vorace, et il terminait la conversation en me demandant ce que j'avais envie de becqueter pour dîner.

Évidemment quand est arrivé le week-end, Andrea m'a proposé d'aller à la plage. Je voyais bien qu'il essayait de masquer sa déprime pour ne pas gâcher mon été. Andrea n'était pas du genre à bourdonner et boire dans son coin comme ceux qui m'ont élevé. Il m'a dit qu'il connaissait un endroit secret, une crique géniale et j'étais bien embêté. En vérité, je détestais la plage. L'aspect visqueux des algues. Les oursins sur les rochers. Les touristes agglutinés les uns contre les autres en bras de chemise. La menace de l'eau silencieuse, d'une méduse, d'un poisson-pierre ou d'une vive à l'affût. Plus simplement, c'était surtout le sable que j'exécrais. Le contact des grains sur une peau mouillée, ce sable croûteux dans les poils, mais qu'est-ce que je pouvais dire ce jour-là à Andrea, à part oui avec plaisir, tu veux qu'on y aille la semaine prochaine ou aujourd'hui ?

Cet après-midi-là, Andrea a rassemblé maillot, crème solaire, biscuits secs et parasol comme une mère de famille. Je voyais bien qu'avec ses sifflotements Andrea était content, loin de ses week-ends à ressasser Stéphanie. On a pris sa voiture, ça m'a rappelé le départ, la fuite en écoutant Skyrock, loin de ma maison fleurie. Cette fois, Andrea a seulement baissé les vitres et le coude à l'air, j'ai visualisé Niagara et un road trip loin des conflits de famille. Andrea a ensuite tourné à gauche, direction Cancale et le bout de la ville. Je lui ai demandé pourquoi on n'allait pas sur les plages de Saint-Malo, avec les arbres sans tête et le Fort national, et Andrea s'est mis à rire, les arbres sans tête, faudrait vraiment que je retienne. Puis mon oncle a rajouté qu'il n'aimait pas l'ambiance intra-muros, trop bruyante et touristique, et comment lui dire que c'était justement ma seule chance pour retrouver celui qui infestait chaque muscle, chaque nerf de mon corps de petit touriste.

Andrea et moi avons atterri sur une belle plage dont j'ai oublié le nom mais sûrement pas le souvenir. Une plage au sable lisse sans brise-lames mais festonnée de toutes parts par des rochers noirs et des pins mal coiffés. À part quelques habitués à la retraite qui arpentaient de droite à gauche le front de mer, pas un chat n'y traînait et Andrea semblait fier de connaître les bonnes adresses, fier de me montrer que pour sa ville, à l'inverse du reste, il était assurément expert.

Andrea a sorti les serviettes d'un grand cabas usé, a planté le parasol, retiré son tee-shirt qu'il a enveloppé autour de la bouteille d'eau pour la conserver au frais. Torse nu devant moi, Andrea a sorti la crème solaire, je me suis forcé à ne pas regarder ses pecs et en rougissant, je me suis écroulé sur la serviette Disney élimée. Tu aimes Mickey ? j'ai dit pour faire semblant d'être à l'aise. Andrea n'a pas répondu, il m'a simplement dit de retirer mon tee-shirt, je n'allais pas rester emmitouflé toute la journée. À mon tour, je n'ai pas répliqué et deux minutes plus tard, j'avais une réplique pour me rattraper : tu sais, j'attends encore le jour où on suera en Bretagne. Mais j'ai tout ravalé, le moment était passé.

Andrea s'est étiré devant moi, son dos a craqué. Crème indice 50 dans la main, il m'a demandé si j'en voulais et j'ai dit non merci. Andrea s'est badigeonné rapidement et est allé se baigner. J'ai regardé Andrea nager. Mon oncle était à l'aise, ses bras et ses pieds battaient et sortaient de l'eau avec synchronie comme les nageurs à la télé. Sous le parasol, je l'ai regardé faire ses longueurs. J'ai gardé mon tee-shirt sur moi, mes complexes en moi, en repensant à son torse développé et au milieu, ses poils noirs qui formaient un V. J'ai regardé Andrea nager longtemps, en imaginant moi aussi des choses longuement. En regardant l'eau qui scintillait comme des pièces de monnaie, j'ai pensé à William, son regard jeté à l'horizon, sa voix anglaise, et puis j'ai imaginé qu'il allait débarquer ici, derrière moi, une main sur la clavicule, en me disant *jé soui tèèè siourpri, qu'ess tu fais làà aussi.* Les minutes ont passé et personne ne s'est pointé et dans mon tee-shirt, j'ai continué à regarder Andrea nager.

Sans m'en lasser, j'ai regardé Andrea s'oublier dans l'abîme à quinze degrés. Ses cheveux balayés d'un mouvement de nuque, son corps qui s'immobilisait parmi les flots, qui reprenait son souffle au milieu du bleu et qui, en une seconde, se retournait tout doucement pour m'apercevoir sur le continent. Pendant que je commençais à me remplir la panse de biscuits, Andrea a repris sa course sous-marine, ses paumes blanches et lointaines jaillissaient de l'eau comme des ventres minuscules de poissons. Et puis à trop manger ou à trop le regarder, j'ai perdu mon oncle dans l'immensité. J'ai fermé et rouvert les yeux comme pour les secouer mais je n'ai pas réussi à retrouver Andrea parmi les ondes.

Je me suis relevé de la serviette, paniqué. Andrea n'était plus là. J'ai froncé du regard. Je me suis concentré. J'avais beau passer la mer au crible, Andrea avait disparu. J'ai couru au bord de l'eau. Mes pieds se sont enfoncés brutalement dans la mer et le froid m'a percé. En vain j'ai cherché un secouriste, un maître-nageur, n'importe qui pour m'aider mais j'étais seul désormais. Andrea était introuvable. Une heure est passée. Une heure où je suis resté là, paralysé. Andrea n'avait pas réapparu et sur le sable froid, mon corps s'est mis à trembler sans interruption, coupable une fois de plus. Car mon oncle s'était volatilisé, évaporé comme William sur la digue, effacé comme Romain après les crimes, englouti comme ma mère, mon père, et tous ceux que j'avais croisés dans la vie.

DON'T LEAVE ME NOW

Ma mère est ma vérité et sur la plage, Andrea a réapparu. Il était trempé, essoufflé et aussitôt son corps s'est couché sur le sable, les bras en croix autour de son visage. Sans un mot, je me suis allongé près de lui, je ne voulais pas faire le paniqué alors que je l'étais. J'ai quand même fini par demander tu étais où, je ne te trouvais plus. Andrea a tourné le visage vers moi, à cause du soleil ses yeux étaient mi-clos, comme deux ronds de pétrole qui brillaient, et il m'a dit qu'il avait contourné la falaise au crawl. Andrea avait nagé jusqu'à la pointe grise, il avait rejoint l'autre crique derrière les trois rochers, il faisait souvent ça, il faisait le tour en nageant, ça prenait trente minutes aller, trente minutes retour, pour lui c'était comme un entraînement. Et à mesure qu'il racontait, Andrea s'est rendu compte de mes yeux effrayés, de mon air désemparé, de mon visage alarmé. Il m'a dit je ne pensais pas que tu allais t'inquiéter, j'aurais dû te prévenir, c'est vrai, et Andrea a prononcé cette phrase que mon père ne m'a jamais dite par le passé : Vraiment, je suis désolé.

ZOMBIE

Ma mère est fan des Cranberries et j'ai souhaité l'anniversaire d'Andrea. Mon oncle fêtait ses trente et un ans et pour l'occasion, je l'ai invité à déjeuner. Pour me faire plaisir, Andrea a eu envie de me conduire sur les remparts de la ville, il avait pris sa journée. Il s'était sûrement dit qu'il n'avait pas d'autre choix que de la passer avec le gamin qui squattait sous son toit et c'était sûrement vrai.

Au matin, Andrea était plus silencieux que d'habitude et moi aussi chaque bougie me file le cafard. En me levant, j'avais zappé la date et j'étais surpris de voir mon oncle loin de sa boulangerie, affairé dans son bureau à jouer au Solitaire. J'ai pensé qu'Andrea avait chopé un truc, un rhume de l'été, un coup de fatigue, et puis je me suis rappelé qu'il m'avait dit prendre sa journée le jour de son *birthday*. Dans le bureau, j'ai débarqué sans frapper, pardon j'ai oublié, je suis nul, bon anniversaire, bon anniversaire, j'ai répété pour me faire pardonner. Andrea m'a souri, il m'a dit qu'il n'avait aucune mémoire des dates alors pas de lézard. Quand même, je me suis senti mal. Andrea m'hébergeait, je mangeais dans ses assiettes, dormais dans ses draps, vidais ses réserves, la moindre des choses c'était d'être là pour lui. Je suis reparti du bureau sans savoir quoi dire et, les bras ballants, je suis resté de l'autre côté de la paroi, abruti, au milieu du couloir à regarder connement les tableaux à l'aquarelle punaisés là. Je les ai regardés de près et me suis dit qu'ils n'étaient absolument pas du style d'Andrea, sûrement qu'ils étaient déjà là avant son arrivée, placardés par un autre locataire, faut dire que je voyais bien mon oncle débarquer avec trois valises, une poêle et garder les murs en l'état.

Dans le couloir, je tournais sur moi-même comme une bestiole en cage mais j'ai fini par prendre mon courage à deux bras, j'ai frappé à la porte et en ouvrant tout doucement, je lui ai dit je t'invite ce midi. Et comme dans les séries que je regardais l'après-midi, j'ai ajouté, je ne prendrai pas non comme réponse. Je me suis senti crétin, la phrase sonnait mieux dans les feuilletons américains, mais Andrea m'a répondu, tu voudrais manger quoi ? C'est ton anniversaire, pas le mien, que je lui ai rétorqué. C'est quoi les restaus typiques du coin ? Andrea m'a expliqué, les crêperies et les restaurants de fruits de mer, mais mon oncle trouvait ça lourd de se farcir dès le midi du crabe ou de la langoustine. J'ai dit d'accord, d'autant que je détestais tout ce qui provenait de la mer, et la seule fois qu'Andrea avait tenté de me faire changer d'avis, c'était des moules-frites et j'avais surtout mangé les frites et bref dans le bureau d'Andrea, j'ai conclu va pour les crêpes.

On est partis à vélo, Andrea avait envie de se dépenser. Il n'avait pas encore eu le temps de faire sa muscu et c'était la première fois que je roulais côte à côte avec lui. Sans pouvoir me l'expliquer, je me sentais fébrile comme si subitement je ne savais plus changer les vitesses ou garder l'équilibre, comme si le moindre trottoir ou la moindre voiture qui me frôlait m'intimidaient. Andrea ne s'est douté de rien mais pour masquer ma gêne, je lui ai demandé de passer devant moi, il connaissait mieux la ville et tu parles, avec toutes ces après-midi à guetter William j'étais passé maître ès pistes cyclables.

On a garé nos vélos aux portes de la ville, c'était écrit « Porte Saint-Vincent ». Pour faire la conversation, j'ai demandé si Andrea connaissait l'histoire d'ici. Il m'a dit que non et je me suis infiltré dans la foule pour dissiper la discussion. Le centre historique était petit et pentu, chaque allée était noire de monde, c'est toujours comme ça ? j'ai demandé. Andrea m'a répondu oui, c'est l'été tu sais. Oui merci, je le savais.

Les gens englués les uns aux autres comme des chenilles marchaient lentement, cachaient le nom des devantures, faisaient la queue pour des glaces distribuées à la sauvette ou des merguez à emporter dans des sachets et Andrea et moi avons alors zigzagué parmi les stands de gaufres, les terrasses surpeuplées, les boutiques d'antiquaires, les pharmacies et on a atterri ici, dans la meilleure crêperie, Andrea a dit. En consultant la carte, je me suis rappelé la maison, ma mère encore une fois, nos dimanches soir, sa poêle qu'elle dégainait pour me faire oublier le désastreux week-end et j'ai chassé cette idée de mon esprit, aujourd'hui je devais rester d'humeur festive.

À une jeune serveuse, Andrea a commandé une chèvre-miel et j'ai pris une complète. Il a salué amicalement la femme aux deux tresses et son jeune mari replet postés au comptoir. Tous les trois s'appelaient par leur prénom, ils étaient bons amis et je me suis dit que je ne connaissais rien d'Andrea, pas même l'un de ses copains. La serveuse a déboulé, hésitante, maladroite avec le plateau qu'elle tenait comme une jongleuse et j'ai eu envie de demander à Andrea si c'était la première fois qu'elle en tenait un, de plateau. Plus je la regardais, plus j'avais l'impression qu'elle était jeune, qu'on aurait pu être dans la même classe, elle et moi. J'ai demandé à Andrea d'après toi elle a quel âge ? Andrea pensait seize ans, comme moi, peut-être moins, les ados saisonniers, c'est fréquent et c'est vrai que je n'y avais jamais pensé. Au lieu de passer mon temps à fouiller, moi aussi j'aurais pu travailler.

Au-dessus des galettes fumantes, Andrea m'a demandé si mon choix me plaisait, je voyais bien qu'il voulait que ça me plaise, parce que c'était son endroit, ses copains, alors j'ai forcé le trait en disant délicieux, vraiment délicieux, et Andrea m'a dit tu veux goûter du cidre ? J'ai oublié les vices de ma mère et j'ai goûté. C'était un cidre brut, Andrea en buvait chaque fois qu'il venait. Une cidrerie d'ici en plus, située vers Saint-Briac, et pour moi qui en buvais pour la première fois, c'était comme un jus de pomme, plus piquant et acide. C'était bon même si je m'étais juré de ne jamais boire une goutte d'alcool. Andrea, lui, a vidé sa bolée en trois gorgées, il avait encore faim. Il hésitait entre prendre une deuxième galette ou attaquer directement le dessert. Comme un fayot, j'ai répondu fais comme tu veux, c'est ton anniversaire et pour toute réponse, j'ai vu Andrea disparaître derrière le menu déplié.

Dans la salle du restaurant, la serveuse demeurait en peine. Elle distribuait brutalement les couverts, oubliait d'apporter les carafes, demandait aux gens s'ils avaient terminé alors qu'il suffisait de regarder leur assiette pour voir qu'ils en étaient juste à la moitié. Ce métier n'était pas fait pour elle. Andrea s'est prêté au jeu de l'observation avec moi. Il me disait qu'elle n'allait pas durer une semaine, Jeanne et Luc sont très sympas, ce sont de bons patrons mais c'est vrai qu'avec cette godiche, ça risquait d'être compliqué. Ici, Andrea était à l'aise et ma petite voix me disait qu'il faudrait faire plus de sorties pour nous éviter la gêne des colocataires. Devant nous, son tablier défait sur le devant, la serveuse nous a demandé si on voulait *encore manger*. La formule m'a fait rire, je n'ai pas pu m'empêcher. J'ai répondu que oui, j'avais encore envie de manger. Peut-être une crêpe tiens, apparemment on était à la bonne enseigne. À l'unisson, Andrea et moi avons répondu qu'on prendrait une beurre-sucre. Il m'a regardé d'un air amusé, j'étais flatté, on avait si peu de points communs qu'on prenait à cœur joie chaque similarité.

Au moment de la première bouchée, Andrea l'a jouée fine. Il m'a donné des nouvelles de ma mère. Ça m'a bousillé. Je ne m'y attendais pas et aussitôt j'ai dévisagé le beurre qui formait une flaque autour du sucre figé. Andrea s'est adapté.

Il savait que j'évitais le sujet et d'une voix basse, il m'a dit qu'elle était toujours hospitalisée, que si je voulais, je pouvais lui téléphoner sur les heures de visite et qu'on verrait, j'ai dit oui, on verra, ce n'était pas une chose à laquelle j'avais envie de penser. Andrea l'a compris, a archivé aussitôt le sujet en me demandant si comme lui, c'était la meilleure beurre-sucre de ma vie, et pour lui faire plaisir, face à ma flaque d'agonie, bien sûr que j'ai répondu oui.

WONDERWALL

Ma mère est mon mur des merveilles et pour l'addition de la crêperie, j'ai insisté. C'était l'anniversaire d'Andrea, ça me faisait plaisir, j'avais pas mal d'argent de poche de côté, mais Andrea n'a rien voulu entendre, il m'a dit garde ton fric, laisse l'adulte payer.

J'ai laissé Andrea régler la note, le couple de commerçants rigolait devant ma négociation ratée tandis que la jeune serveuse me toisait, peut-être qu'elle aussi me prenait pour un ado pas aidé. Andrea a remercié Jeanne et Luc pour leur cuisine. Il leur a proposé de passer à la maison un de ces soirs pour l'apéro, et Jeanne a dit on est fermés le lundi soir, enfin à partir d'août, à ce rythme on va pas tenir et je te dis pas combien me coûte la nourrice, mais promis je t'appelle un de ces quatre.

Planté au milieu de la pièce, près des maquettes de bateaux aux murs et des mini-gouvernails dorés, j'ai imaginé la vie de Jeanne et de Luc. J'ai imaginé leurs étés, leurs hivers, et je me suis dit que pour briser l'ennui de la semaine face à Andrea, une visite de leur part ne serait pas du luxe.

Dehors, mon oncle avait envie de marcher. Une promenade digestive dans la cité corsaire, comme il disait. On est montés tous les deux sur les remparts, le vent nous giflait les cheveux et recouvrait nos voix. Plus besoin de discuter, il suffisait de contempler. D'ici, on avait vue sur les plages, la baie, les voiliers autour du port et de l'autre côté le grand aquarium. Parfois il suffisait de glisser le regard dans une tourelle, à travers une meurtrière, et on observait la mer et les fortifications de la cité. Les remparts étaient en granit, ils dataient du douzième, me disait Andrea qui, mieux vaut tard que jamais, s'improvisait guide touristique. En continuant la route, j'observais à la longue-vue le fort du Petit Bé puis l'île du Grand Bé à marée basse tandis qu'Andrea restait derrière moi, heureux que je m'intéresse à sa ville.

Autour de nous les mouettes tournoyaient comme des nuages de poussière, leur cri était aussi perçant que le bruit du vent et alors j'ai demandé à mon oncle quelle était la ville qu'on pouvait apercevoir en face. Andrea m'a demandé où, j'ai dit ici en montrant du doigt. Il m'a répondu Dinard. En contemplant, on pouvait voir la pointe du Moulinet, regarde toutes ces belles propriétés parmi les tilleuls et les mimosas, là au sommet tu peux voir la Villa Saint-Germain, une propriété incroyable, je l'ai visitée une fois, et juste derrière tu as l'immense plage de l'Écluse. Je voyais bien qu'Andrea en savait plus qu'il ne le disait, lui qui par embarras avait fait semblant de ne pas connaître les portes intra-muros. Mais à présent, Andrea était loquace, fier de me faire entrer dans sa vie. Sa voix douce, ses gestes tournés au ralenti, Andrea me disait, jette un œil au milieu de la mer, tu le vois ? Je ne voyais pas. De sa main, mon oncle a soudainement pris la mienne et a dirigé mon doigt à droite, face à l'estran, regarde ça, c'est un espace maritime qui s'étend entre les lignes atteintes par les plus hautes et les plus basses mers, cette zone abrite une faune et une flore d'une richesse étonnante et sert d'habitat à une multitude d'êtres vivants.

Andrea m'émouvait, il était tendre, il était beau, il était passionnant. Comment avait-il pu se faire plaquer par cette esthéticienne aux ongles nacrés ? Dos au vent, nous avons redescendu les marches des remparts et retrouvé les pavés. Dans la lumière du début d'après-midi, j'avais l'impression qu'Andrea avait changé. Son visage, ses joues, même son regard semblait coloré. Une seconde fois dans les ruelles biscornues de la ville, Andrea m'a parlé de Dinard, de ses villas Belle Époque inspirées des cottages italiens qu'il avait bien connus. Il avait vécu et fait du pain six ans dans la péninsule, et vraiment il insistait, Dinard, c'était un coin génial, il faudrait qu'on y aille et j'ai dit quand tu veux à Andrea.

Dans le centre, mon oncle est parti se trouver une maison de la presse pour acheter la dernière édition de *L'Équipe*. Il m'a dit, vu le monde dans les rues, qu'il valait mieux que je l'attende sur la place des Frères-Lamennais. J'ai attendu sur la place et parce que Andrea ne revenait pas, j'ai commencé à explorer derrière la rue Sainte-Anne. C'était plus calme dans ce coin-là, j'entendais le bruit de chacun de mes pas. Ici, il y avait surtout des hôtels chics et des galeries d'art, parfois quelques chats qui par curiosité me regardaient depuis leurs rideaux en organdi. J'ai pris les ruelles qui encerclaient la place, ça sentait le goémon et la mer pleine de sel, et j'aimais bien, je commençais à apprécier mon été quand tout à coup, j'ai aperçu la silhouette assise sur les pavés.

Je l'ai immédiatement reconnu. Le même genre de bermuda, ses chaussettes blanches qui dépassaient de ses baskets, son dos de profil, démesuré, et cette expression du corps comme s'il était ailleurs, occupé à gérer une crise, trois vies réunies. Embarrassé, je me suis approché sans savoir quoi dire. J'avais cherché William pendant si longtemps qu'il me semblait maintenant irréel, sorti de mon imagination. Mais toujours est-il qu'il était là, à vingt mètres de moi, assis par terre, sur le bord d'un trottoir, en touriste épuisé qui fuyait les bavardages incessants des parents. Pour m'annoncer, je n'ai pas réfléchi. J'ai rampé des pieds et je me suis éclairci la voix. Je ne voulais pas le prendre en traître et William s'est retourné. Il m'a vu devant lui, s'est levé d'un geste, droit comme un piquet. Ses mains ont frotté son pantalon comme pour le dépoussiérer et d'une voix endormie, il a prononcé, je suis content de te voir.

Moi aussi, je l'étais.

J'ai hésité à lui dire que je l'avais cherché, une heure ou deux, pas des jours entiers, sur la plage du Sillon, surtout pas guetté comme un sourcier à la recherche de petits trésors d'acier, alors finalement j'ai préféré me taire et laisser William parler. Devant moi, il se frottait la tête brutalement. Il s'est mis à dire qu'il était désolé, il venait juste de déjeuner et il était *babouillé*, c'est comme ça qu'on dit, *babouillé* ? J'ai tenté un barbouillé en montrant mon ventre et William a rigolé, oui voilà il était barbouillé, il n'avait pas les idées en place, désolé. Je lui ai répondu que je venais moi aussi de déjeuner, William m'a demandé où et j'ai cité le nom de la crêperie. Il adorait cet endroit, il y était allé plusieurs fois avec ses parents depuis leur arrivée, sa mère était un vrai bec sucré et soudainement, je me suis senti proche de lui, de sa vie, de son monde tout entier.

Sans que je m'y attende, William m'a confié qu'il avait pensé à moi cette semaine. Il était revenu voir plusieurs fois les brise-lames et comment avais-je pu le louper ? Mais William s'y rendait le soir, au moment du coucher de soleil, le spectacle est si beau, disait-il d'une voix illuminée. À ce moment-là, j'ai compris que William ne m'avait toujours pas demandé mon prénom mais que, peut-être, il m'en avait inventé un ou deux ou trois, ce n'était pas ça qui comptait et à son explication, je me suis senti soulagé. Le coucher de soleil sur la baie, voilà pourquoi je n'avais jamais recroisé William. À cette heure, je dînais avec Andrea en écoutant péniblement Vincent Lagaf' tandis que l'Anglais comme par magie réapparaissait sur le sable.

Cette fois, j'ai osé lui dire que j'adorerais voir le soleil se coucher. Est-ce qu'un soir il aurait envie de m'y retrouver ? Mes mots extirpés, je n'en revenais pas. Je guettais avec angoisse la réponse de William qui cherchait ses mots en français. Histoire de dissimuler toute ambiguïté, je n'ai pas pu m'empêcher d'enchaîner. Parce que j'avais un goût prononcé pour la photographie, et William m'a dit oui, c'était l'endroit rêvé pour faire des photographies. Quand William parlait à quelques centimètres de moi, une de ses boucles tombait sur son front, il la replaçait machinalement, la mèche retombait, et quand il riait, ses joues se perçaient doucement et laissaient apparaître le début de deux fossettes. J'ai regardé le visage de William et comme le soleil couchant, j'ai fait mentalement une photographie.

William devant moi s'est mis à parler fort, vite, à disserter. Il était beau mais je ne l'écoutais plus. Je pensais à Andrea qui sur la place devait me chercher et s'impatienter. Il fallait que je prenne congé sauf qu'aucune cellule en moi ne parvenait à le quitter. Je l'avais tellement cherché. Je l'avais tellement inventé et je ne voulais surtout pas repasser une semaine à le traquer. Face à moi, William était à des années-lumière d'imaginer ce qui se passait dans ma tête. Alors comment le revoir ? Il fallait impérativement que je le revoie. William était en train de me parler d'une histoire de pirates d'il y a des siècles quand j'ai vu Andrea apparaître depuis la place. Un frisson a poussé sur mes bras et j'ai marmonné je dois partir, pardon, à plus tard.

William s'est interrompu, son visage bloqué, *no worry* qu'il m'a dit. Et parce que c'était plus fort que moi, plus important que n'importe quelle autre activité de mon été, je lui ai redemandé demain soir à la plage ? William m'a dit d'accord. Je l'ai quitté sans un sourire et suis reparti en trombe vers Andrea qui m'a demandé tu parlais à qui ? Un copain du lycée, c'est fou comme le monde est petit.

HEAD OVER HEELS

Ma mère est malade, il faut que je me le mette dans le crâne. Au début, ma mère ne cédait aux démons que les week-ends, pendant les dîners, les sauteries qu'elle disait. Elle enivrait chaque centimètre carré de sa peau dentelée pendant les fêtes, avec les copains de fac, les collègues de bureau, les voisins, les militaires de la caserne de mon père, les réunions de famille encore que ça allait, ma mère faisait attention, pas question que sa tribu bourgeoise ne s'aperçoive qu'elle enquillait les verres comme une tenancière.

Les jours de la semaine, je programmais la désillusion. Sur mon agenda, je cerclais de rouge chaque vendredi du mois et en dessous, j'inscrivais au crayon de papier le mot démarrage en pensant aux cuites familiales. Car les deux premières années, mon père était là. C'est lui qui a bu en premier. C'est lui qui toujours ouvrait au tire-bouchon, versait, trinquait, déglutissait, reversait, en me disant par provocation tu veux goûter, t'es un homme maintenant et dans son haleine chaude de vieux vin éventé, je regardais la flaque ambrée au fond du verre et le visage joyeux de mon père d'un air écœuré.

Mon père fumait beaucoup et buvait tout autant. Il avait un meuble rien qu'à lui dans le salon, un meuble dédié, avec ses barrettes de shit, sa balance pour bien découper la drogue et ses bouteilles de choix au premier rang, des alcools forts toujours, des alcools de mec évidemment, whisky, rhum, des bouteilles qui venaient des Antilles ou du Japon, d'Écosse ou de Nouvelle-Zélande et parfois du pastis tout simplement, des lots de Ricard pour se rappeler ses périples étudiants dans le Sud, et sur les étiquettes les degrés pétaient toujours des records.

Mon père qui buvait, c'était normal, ça ne paraissait pas insensé, c'est-à-dire que comparé à ma mère dont le corps finissait toujours par vaciller, comme secoué d'intranquilles spasmes, ça semblait cohérent, naturel, tout bêtement parce que c'était un homme et qu'on se disait que le gaillard était un bon fêtard, quel gaillard ne l'est pas ? On ne disait jamais ça de ma mère et des femmes en général.

Ces années-là où je grandissais avec Romain dans les coins de la cour de récré, mon père était toujours fourré quelque part. Loin de son meuble de drogué, il était l'expert des excursions nocturnes, des départs en pleine nuit, des anniversaires désertés au dernier moment, des Noëls aux abonnés absents tandis que ma mère avait tout préparé, les plats, les cadeaux, les tables dressées, les festivités, il ne restait plus qu'elle et moi, les coudes sur la nappe et parfois entourés d'aïeuls et de cousins, nous attendions toute honte bue l'arrivée de celui qui aimait se faire désirer parmi les verrines de saumon fumé.

Mon père avait pour habitude de disparaître, lapin de magicien ensorcelé. Des virées imprévues dans le salon des copains, chez les collègues, ou dans la caserne où parfois ma mère se rendait en femme esseulée pour le supplier de rentrer, dans les bars aussi, les PMU, car tout ce qui était troquet avec tireuse, table de cartes et bières à volonté comptées sur une ardoise, mon père adorait. Il était si absentéiste que je me demandais s'il n'avait pas une double vie. S'il ne vivait pas à mi-temps dans une autre maison, avec une autre femme et d'autres chiards à sa charge. Parfois je l'espérais, ça l'aurait rendu plus intéressant.

Avec les manquements du père, ma mère s'est retrouvée seule et dans la solitude, de mois en mois, comme deux et deux font quatre, elle a commencé à imiter son comportement. Pas de raison que seuls les hommes profitent de la consommation, qu'elle se disait sûrement. Ma mère a raison, ma mère est une féministe. Alors seule à la baraque, avec moi à l'étage qui ressassait les gestes fantômes de Romain, elle s'y est mise : ouvrir, verser, déglutir. Sauf que l'alcool ne rend pas moins seul. Mais moins triste, un temps oui.

Dans le canapé en cuir blanc acheté sur catalogue, ma mère ouvrait une énième bouteille, allumait sa chaîne hi-fi en plein milieu de la nuit, et alors que je devais me lever dans deux heures pour aller étudier, ma mère menait tambour battant son anarchie. Elle choisissait un disque des Go-Go's que j'adorais autant que les Bangles. Ma mère chantait, râlait, piaillait, les filles s'énervaient sur les refrains, ma mère tapait la cadence par-dessus et les chansons toute la nuit formulaient des prémonitions, *Can't stop myself, out of control, Head over heels, no time to think, Looks like the whole world's out of sync*[1], et c'est comme ça que le vendredi et le samedi d'ivresse sont devenus des mardis, des jeudis, des week-ends anticipés, des dates bordéliques, un soir sur deux, deux soirs de suite, toute ma vie de famille, mon enfance, plus rien que mon existence, toute mon odieuse anarchie.

1. Je ne peux pas m'arrêter, je suis hors de contrôle / La tête dans les nuages, pas le temps de réfléchir / On dirait que le monde entier est désynchronisé.

RUNNING UP THAT HILL

Ma mère est partout et pour vérifier, je regarde dans le miroir. Je me laque les cheveux et je rate. On dirait Mafalda. Dans la baignoire, je me lave les cheveux une seconde fois et je recommence avec la laque d'Andrea.

Ce soir, je tenais à me préparer pour William. Dans mon vieux sac, je n'avais pas d'habit assez beau, pas assez digne de mes retrouvailles, alors mon courage planté dans mes mains, j'ai demandé à Andrea si je pouvais lui emprunter un tee-shirt noir. L'oncle était en train d'arroser les plantes à l'intérieur de la véranda, récupérant les feuilles grillées par le soleil, ses gestes étaient délicats, j'avais l'impression qu'il dépoussiérait doucement un objet rare et le dos voûté au-dessus de son calathea, sécateur en main, il m'a questionné, quel tee-shirt noir ?

Sans attendre ma réponse, Andrea a précisé que je pouvais lui emprunter ce qui me chantait, tant que je ne le bousillais pas. J'ai répondu promis, je fais gaffe et je suis parti récupérer le vêtement dans la panière du linge propre. Je suis allé chercher le fer à repasser dans la remise et pour remercier Andrea, j'aurais voulu repasser toute la pile mais je ne voulais pas être en retard, le soleil n'attendait pas. J'ai enfilé le tee-shirt chaud sur moi. Il était grand, uni et oversize, comme les tee-shirts à la mode, et ça m'a fait drôle, il sentait l'odeur d'Andrea. J'ai enfilé mon jean, pris mes baskets et je suis allé voir Andrea pour lui dire que j'étais prêt à mettre les voiles.

Andrea ne m'a pas demandé ce que j'allais faire, ni où ni avec qui, il ne s'en fichait pas mais se contenait, je dîne seul alors ? Je te mettrai les restes au frais, et j'ai hoché la tête pour dire que ça m'allait. Au milieu la véranda, face à ma nervosité, Andrea voyait bien que quelque chose se tramait. J'avais les cheveux coiffés, la tenue repassée et il n'était pas dupe. Mais mon oncle toujours discret n'était pas homme à écraser l'autre de sa curiosité mal placée. Parce que j'avais néanmoins l'impression de lui devoir des comptes, je lui ai promis que je ne rentrerais pas tard et Andrea n'a pas objecté, il n'a pas inventé un couvre-feu débile, sois là avant 23 heures, ne sois surtout pas en retard, du reste il a répliqué amuse-toi bien, tu me raconteras. J'ai pris son Poulidor rouge et j'ai tracé en direction de la plage. Face à moi, les gens rentraient de leurs baignades du jour. Sur le trottoir les parasols repliés et les cabas en osier défilaient. J'étais heureux de naviguer à contre-courant, heureux de voir le soleil couchant. Je suis arrivé sur le sable avant William et je savais que ça allait être le cas, toute cette histoire semblait être un pressentiment pour moi. Je me suis posé près des brise-lames, bien au milieu, pour que William ne me manque pas depuis la digue. Mon cœur battait comme un orage. J'avais l'impression de passer un grand oral. J'avais beau vouloir calmer le jeu, mon corps dictait sa loi. Pourquoi étais-je si nerveux ? J'allais retrouver un ami mais le fantôme de Romain passait et repassait devant moi et tout ce que je voulais, c'était ne plus jamais croiser son image.

William est arrivé quelques minutes plus tard. Il m'a fait un geste depuis la jetée et face à sa spontanéité, mon angoisse est partie en fumée. William a retiré ses chaussures sur les marches et m'a rejoint dans la beige. Il m'a tendu sa poignée de main que j'ai serrée, décontenancé, j'étais toujours mal à l'aise à l'idée de serrer des mains plus puissantes que les miennes. William prenait la direction des opérations. À peine assis, il s'est mis à me raconter sa journée avec sa mère, la séance shopping pour Paul, son grand frère qui allait entrer dans une école militaire, l'excursion en ferry réservée par le père, le départ depuis le port, la sieste monumentale qu'il avait faite à l'hôtel à 15 heures, car la veille William avait erré dehors jusqu'à 2 heures. Je me suis demandé ce qu'il trafiquait le soir à déambuler seul dans les rues mortes de la ville, est-ce qu'il avait une petite copine malouine ? William s'est tu et m'a dit regarde, en pointant son doigt vers le ciel noueux comme un ruban.

Le soleil allait bientôt se coucher et William m'a demandé où j'avais mis mon appareil photo. J'ai manqué de m'étouffer. J'avais complètement oublié cette histoire de clichés. J'aurais dû prévoir une excuse, faire croire que mon appareil avait pris la flotte, subtilisé par Andrea, mais pris de court, j'ai improvisé comme je pouvais : j'avais bêtement zappé. William a haussé les épaules, ce n'était pas grave. Il y aurait encore plein de couchers avant la fin de l'été et j'ai pris sa phrase pour une promesse. J'ai répété la même chose, plein d'autres, c'est vrai ; et ensemble nous avons regardé le soleil disparaître derrière la mer. William ne cessait de dire que c'était émouvant, ce déclin seconde après seconde, couleur après couleur, alors que moi ce que je trouvais émouvant, c'était lui et ses commentaires. Le coucher de soleil pour moi ressemblait à tous les couchers de soleil et peut-être que j'étais trop terre à terre, pas assez spirituel.

Dans le ciel sans soleil, William s'est levé, il m'a tendu la main et m'a enjoint de le suivre. On est partis de la plage, William avait une idée. Il m'a fait traverser l'esplanade le long du port et derrière le gréement qui servait d'attraction pour les touristes, nous avons longé le bastion par les parkings. Dans le petit jardin sous les drapeaux de la ville, il y avait quelques familles qui dégustaient une dernière glace avant de rentrer. William s'est souvenu de ma conversation sur les mouettes. Il m'a dit qu'à cette heure, la plupart devaient sûrement être couchées, les gens étaient tranquilles désormais, et puis il m'a demandé tu crois que ça dort où un oiseau ? J'ai rigolé mais William tenait une vraie question. Est-ce que les mouettes ont des refuges, des nids larges et secrets, planqués dans les embarcadères ou sur les mâts des navires façon cigognes ? William et moi en avons disserté jusqu'à la sortie de la ville.

Le long de la dernière porte, assis au sol entouré de ses chiens qui dormaient, un petit groupe de teufeurs a commencé à nous apostropher, hé les gars, venez voir, faut pas avoir peur, on veut seulement parler. William a baissé la tête et j'ai fait de même. Derrière les remparts, nous avons marché vers une sorte d'estacade qui semblait marcher dans l'océan et où les pêcheurs se posaient souvent pour tenter leur chance en début de journée. William m'a fait signe de monter sur l'appontement, c'est là où il voulait aller.

Sur l'estacade, j'ai ouvert la marche, William était juste derrière moi, son souffle tiède dans ma nuque et face au ciel ecchymose, j'avais l'impression d'être dans une série niaise et balnéaire que je regardais chaque matin au départ d'Andrea, avec ces acteurs qui récitaient maladroitement leur texte. Au bout de la jetée, les remparts derrière nous, l'océan et Dinard tout devant, William m'a désigné le phare blanc et rouge qui surplombait la vue. Il m'a fait signe d'y grimper. C'est interdit, tu ne penses pas ? William m'a rétorqué qu'il n'en savait rien, mais puisqu'il n'y avait pas un chat, on ne risquait rien. J'ai hésité à grimper et je m'en suis voulu, pour quoi allais-je passer ? William m'a regardé et dans son regard j'ai vu le goût du danger. William a pris les devants et s'est propulsé en haut d'où il me tendait le bras, allez rejoins-moi, c'est encore plus beau d'ici, *don't be a chicken*, allez. J'ai fini par rejoindre William. La plateforme était si étroite que nos genoux se touchaient, nous nous faisions face, menton contre menton, et William m'a enfin demandé comment tu t'appelles *by the way* ? Sur le tard, j'ai dit Aurélien et William m'a dit que j'avais un prénom très français. J'ai répondu que lui avait un prénom très anglais et William a ri avant de dire qu'il aimait beaucoup Lady Di et que sa mort l'an passé avait peiné toute sa famille.

Aussitôt William a riposté, tu savais que j'étais anglais ? Avec franchise, j'ai répondu avoir eu des doutes, hésitant entre plusieurs nationalités, William m'a demandé lesquelles et il a fait semblant de vomir quand j'ai cité la possibilité allemande. D'un air péremptoire, William m'a assuré que les Allemands étaient trop sérieux, tous des gardes du corps, de tristes ingénieurs, et j'ai laissé dire, je ne connaissais aucun Allemand et encore moins d'ingénieur. Nous sommes restés deux heures en haut du phare, au bout de l'estacade, à la limite du monde. Je ne pensais plus qu'à nos conversations. La Terre pouvait aller à sa perte, plus rien d'autre n'avait d'importance. Avec sa sieste tardive, William était en forme. Il riait beaucoup, ses yeux étaient comme deux écrans et quand sa bouche s'ouvrait doucement, j'apercevais sa canine de travers au milieu de son sourire. On aurait facilement pu passer une nuit blanche à discuter, à rester là sous le ciel devenu noir comme une immense bâche. En détail, William m'a raconté son lycée, ses années intenses d'athlétisme et les médailles qu'il remportait, sa vie à Leeds, sa famille, sa mère anglaise au foyer qu'il adorait, son père français qui ne le parlait quasiment jamais. William aurait aimé mieux le parler, il trouvait qu'il faisait des fautes impardonnables qu'il n'aurait pas dû faire à son âge, il avait quand même la double nationalité, et j'ai répondu qu'il parlait très bien français. William m'a rétorqué arrête de vouloir me flatter, tout à l'heure chez Sanchez, j'ai dit un cornet avec une boule fraise s'il vous plaît et la vendeuse m'a regardé avec un air rieur.

Plus la conversation s'éternisait, plus l'accent de William prenait le dessus. Plus je visualisais sa vie parmi les uniformes d'écoliers et les matchs de cricket. J'étais allé plusieurs fois en Angleterre avec mes parents avant qu'ils ne s'entre-tuent. On avait visité Londres, Brighton puis Southampton avant de prendre le bateau pour le pays de Galles. J'avais vomi toute la nuit dans la cabine après avoir jeté mon dévolu sur la piscine à boules pleine de bactéries. William a ri quand je lui ai raconté l'histoire, j'avais bien sûr omis la partie sur la guerre intestine et William avait répondu quelque chose de banal mais dans sa bouche ça sonnait adorable.

Parce que j'avais parlé de Londres, William m'a raconté son enfance là-bas. Son père trader qui soudainement s'était décidé à quitter la pression des chiffres et qui, avec meubles et enfants, avait jeté son dévolu sur Leeds, au centre du pays, pour monter une boîte de consulting. William n'aimait pas Leeds. Il disait que c'était une ville lisse, avec des centres commerciaux partout et des rues mornes comme King Street, il faisait sec en plus, il lui manquait les pluies diluviennes reçues en pleine face depuis Soho.

Alors qu'un bateau au loin s'est mis à ronronner, j'ai regardé ma montre. Il était 1 heure passée et même si je n'avais pas de couvre-feu, il fallait rentrer. William m'a dit qu'il comprenait, il n'avait pas vu l'heure filer et de but en blanc, il m'a proposé qu'on se revoie. J'ai accepté. Même heure, même plage, qu'il a chuchoté dans le noir.

En partant de l'estacade, on a retrouvé le groupe de teufeurs le long des portes en granit, à moitié assoupis par l'alcool. Leurs chiens dormaient sans même un drap pour les couvrir et ça m'a attristé. William les a ignorés du regard et m'a accompagné jusqu'à mon vélo, garé derrière le casino. Il m'a pris dans ses bras, je me suis retrouvé coi. Un *hug*, on appelle ça, c'est un peu comme votre bise. Alors dans ses bras, je me suis laissé faire et la tête en surchauffe, j'ai quitté les bras-remparts de William.

Sur mon vélo invisible dans le noir, tandis que je traçais, j'ai commencé à réfléchir. Malgré l'obscurité, j'y voyais clair. William allait être un ami et pour preuve, je récitais la liste de toutes mes amoureuses comme des vies fabriquées depuis tout petit. En roulant, les lampadaires flashaient des étincelles et j'y croyais dur comme fer, un bon ami, ce serait ma promesse, je la récitais comme cette chanson de Kate Bush qui passait dans mes oreilles, *And if I only could, I'd make a deal with God, And I'd get him to swap our places, Be running up that road, Be running up that hill*[1].

1. Et si seulement je pouvais je ferais un marché avec Dieu / Et je le persuaderais d'échanger nos places / Je monterais cette route en courant / Je monterais cette colline en courant.

Et c'était comme si Kate, ses lourds cheveux et ses yeux de chimère me fixaient depuis la route d'en face, moi la silhouette étirée par le noir qui avec acharnement pédalait à rebours de sa vérité.

HEART OF GLASS

Ma mère est malade et mon père, c'était pire. Quand il vivait encore sous notre toit, mon père aimait se faire la malle. C'était son hobby, comme d'autres pater familias aiment le jazz ou le rugby. Les premières années, mon père s'absentait le temps de quelques heures, ses jambes, son cou, son ventre qui s'agrandissait à coups de pintes de bière disparaissaient après la caserne et mon père titubant, recroquevillé, la peau jaunie, rentrait en pleine nuit quand toute la bergerie dormait. Et puis à onze ans, il s'est passé l'île de Ré.

Ça a commencé un vendredi, ma mère fêtait son anniversaire et s'affairait en cuisine. Mon père devait rentrer de la caserne dans l'après-midi, je me souviens qu'il faisait très beau, ce week-end de pont. Dans le jardin, l'été prenait ses visages, les arbres s'ouvraient, l'herbe verdissait, les plantes formaient des ombres sur les murs et j'étais persuadé que ça allait être une bonne journée. Dans la baraque, ma mère aux commandes cuisinait, elle avait mis un disque de Talking Heads en fond et pilotait, une main sur la poêle, l'autre à vérifier le four, quand elle ne finissait pas d'éplucher des légumes ou de rissoler la verdure. Ce jour-là, ma mère était bien. J'avais fait l'inspection. Pas de bouteille planquée sous l'évier ni dans les placards, ma mère était concentrée, elle qui se réjouissait de cette soirée.

Sur la pendule postillonnée de friture, mon père se faisait désirer. Les gestes de ma mère en cuisine s'accéléraient et je voyais bien que l'inquiétude montait. Je le voyais à ses tempes qui battaient la mesure, ses mains qui s'agrippaient nerveusement aux torchons ou aux poignées. Tant bien que mal, j'essayais de la rassurer, il n'était que 14 h 30, 15 heures et quart, 16 heures moins le quart. Peut-être que mon père avait été retenu à la caserne, peut-être qu'il avait été missionné et tu parles, missionné de quoi, mon père ne bougeait jamais le petit doigt, à cause d'un accident de voiture, mon père avait la colonne vertébrale cassée et sa vie de militaire n'avait jamais été qu'une existence de fonctionnaire survolant des dossiers.

Il était 18 heures désormais, les invités arrivaient dans une heure, il restait le gâteau à préparer, mon père avait juré de s'y coller, il avait juré, le gâteau c'est moi, évidemment que c'est moi, tout le mois durant, il avait fanfaronné, chérie, je vais te concocter une beauté. Alors pour elle, j'ai lancé l'initiative, sorti la farine, les œufs, toutes les recettes de cuisine. Ma mère m'a vu à l'œuvre et m'a dit Loulou t'es pas obligé et Loulou l'était. J'ai demandé à ma mère ce qu'elle voulait comme gâteau. On avait les premières fraises au frigo, je pouvais faire un fraisier, une tarte, une pavlova, je n'avais jamais fait de meringue mais la recette de *Femme Actuelle* semblait dire que ce n'était pas sorcier. Ma mère me voyant faire s'est retenue de pleurer. Elle s'est agrippée plus fermement à sa poêle qui terminait de cuire son lit de poireaux et si une larme avait le malheur de couler, elle pouvait toujours blâmer les oignons qui sous les légumes doraient.

En silence, j'ai préparé le gâteau, une crème pâtissière, c'était ma première, j'ai découpé en triangle chaque fraise en pensant à l'énigme de mon père et sur la pâte perforée de trous de fourchette, j'ai déposé les fruits comme si je déposais les armes, car j'avais compris que mon père ne rentrerait pas.

Les amis arrivés au petit soir ont trinqué sans croiser, ma mère au milieu du salon était digne, elle était belle et parfumée, les cheveux relevés, sa frange recoupée à la dernière minute au-dessus du lavabo, elle avait mis sa robe achetée dans la boutique de Saint-Paul-de-Vence et j'étais admiratif de ma mère qui illuminait la pièce, qui surtout donnait le change, elle qui embrassait tout le monde sur la joue, qui devant tout le monde s'efforçait tant bien que mal d'oublier cette vérité qui martelait dans son crâne : elle était la femme la plus seule au monde.

Les amis se sont bien sûr étonnés de l'absence de mon père, mais ils ne posaient pas de questions. Ils s'imaginaient une dispute, une séparation passagère et pour diluer l'air suspicieux dans la pièce, j'essayais de les distraire. Sur la chaîne, je me suis improvisé DJ. Ma mère découpait les quiches avec Pat, Elizabeth et les autres femmes et j'ai mis ses disques préférés, à commencer par le best of de Blondie pour égayer la soirée.

Les gens ont commencé à danser, ils miaulaient *Call Me* et j'ai poussé les plantes derrière le canapé pour qu'ils ronronnent en toute liberté. Toutes les cinq minutes, les enfants venaient me voir pour aller jouer dans ma chambre. J'avais beau leur dire désolé, je peux pas, non merci, pas maintenant, mes jeux sont sous le lit, allez-y, moi je reste ici, et Amandine, Bastien, Émilie ne comprenaient pas, qui a envie de regarder des vieux danser parmi des ficus repliés ?

Les enfants partis jouer au Monopoly, ma mère a soufflé sur ses bougies. La crème pâtissière s'était gélifiée mais pas mauvais, m'a soufflé à l'oreille Marie-Jeanne, la mère d'Émilie. Je distribuais les parts aux invités, Yann n'en voulait pas, il voulait plutôt fumer son joint sur la terrasse avec Marco et Didier. Ma mère voulait s'enfuir aussi, sur la terrasse ou loin d'ici, mais elle a tenu à me faire honneur. Elle a contemplé sa petite assiette avec les fraises au milieu éparpillées et du bout des lèvres, elle a commencé à manger. Je voyais encore une fois qu'elle se retenait de pleurer.

Tout le monde est parti vers 2 heures et pour faire déguerpir une foule, j'ai compris la technique. Il suffisait de mettre des chansons ringardes alors j'ai mis un tube d'Images. J'ai réveillé les enfants et rendu les vestes, parce que ma mère tenait à peine debout. C'était pas l'alcool mais la fatigue, ma mère était épuisée et elle devait dormir. Dans sa chambre, j'ai fermé les volets en regardant l'allée de la maison où le break de mon père toujours se garait, j'imaginais bêtement qu'il allait arriver, j'entendais déjà le bruit singulier de sa portière quand elle claquait, un bruit de métal gondolé, je le voyais devant mes yeux, il était là, mon père désolé avait des fleurs, du champagne, un collier, il emmènerait ma mère à Venise pour se faire pardonner, mais le bruit de la portière n'a jamais résonné.

Mon père n'est pas rentré, ni le lendemain, ni le jour d'après. Ma mère a bu tout le week-end, pour ne pas y penser. Moi j'y pensais. Tandis que je passais le samedi et le dimanche à nettoyer, laver les flûtes, les couverts, les gros verres à pied, ranger les plateaux de jeux de société et les pions entre eux mélangés, désincrusté les casseroles en regrettant qu'on n'ait pas acheté de la vaisselle en carton pour cette infernale soirée. Ma mère ces jours-là à côté de moi n'était plus ma mère. Elle était une femme en colère. Une femme qui buvait comme elle cherchait à respirer. Elle disait que mon père était un enculé et elle avait raison, mon père était un enculé. Près d'elle, je faisais semblant d'être occupé. Je m'affairais dans la cuisine ou partais dans ma chambre finir mon exposé avant de retrouver un dé survivant près de la corbeille à papier. Ces soirs-là, ma mère n'a pas préparé à manger, ç'a été les tout premiers. Je me contentais des restes de quiches et de la fin de la crème pâtissière qui dormait mollement dans un Tupperware. Sans les fraises, ça filait des haut-le-cœur et pas grave, je m'empiffrais, mon cœur en avait vu d'autres, il pouvait bien se soulever pour un peu de crème.

Le lundi matin, je me suis solennellement juré : si mon père n'était pas rentré pour mon départ au collège, j'appellerais la police. Le bus est arrivé en avance au bout de la rue et je n'ai pas eu le courage d'appeler. J'ai passé la journée en zombie, comme ma mère azimutée, on peut dire engloutie, dans son canapé. Je n'ai écouté aucun cours, aucune conversation de récré. Je voyais mon père mort, noyé, renversé, suicidé. J'ai pris le bus de retour et dans l'allée, son break était garé. J'ai eu envie de courir mais aussitôt je me suis refréné. Je suis rentré comme d'habitude, j'ai pris mon temps, jeté sur le carrelage mon sac, déposé mes chaussures dans le meuble de l'entrée, mon père était juste à côté, je le savais, son odeur avinée le trahissait. L'air détaché, j'ai passé une tête dans le salon et mon père faisait tranquillement une sieste dans le canapé comme si de rien n'était. En m'entendant monter les premières marches des escaliers, il a ouvert un œil et il m'a dit je sais j'ai déconné. J'ai seulement répondu tu étais où ? Il m'a rétorqué l'île de Ré.

ODE TO MY FAMILY

Ma mère est ce qu'elle est et un an après l'île de Ré, mon père s'est tiré. Comme pour un départ au ski, il a fait ses valises, pris ses lainages, ses écharpes, ses polaires, toute sa collection d'armes et de rangers et bonsoir. C'est ce qu'on appelle une famille classique.

Mon père est parti tête haute quand ma mère est tombée bas. Toutes les semaines et la plupart des soirs, mon père s'est dit qu'il n'avait pas envie de voir la déchéance de sa femme. Ils s'engueulaient chaque nuit. Depuis leur chambre elle l'insultait, il la battait. Elle pleurait, il continuait. Elle criait, j'intervenais, en bas de pyjama, les yeux trempés et les mains terrifiées, je découvrais le trou énorme dans la porte de la salle de bains, les yeux apeurés de ma mère et au bout du lit, le dos voûté, mon père finissait par dire ta mère pète les plombs, ta mère s'enlaidit, ta mère devient mesquine et la mesquinerie, qu'il aimait à dire, ça s'incruste sur le visage comme du maquillage. Il avait peut-être raison mais je peux dire que ça ne se voyait pas autant qu'un coquard.

Mon père s'est tiré et du reste il ne m'a pas manqué et ça non plus, ça ne m'a pas surpris, j'avais vu suffisamment de téléfilms misérabilistes pour comprendre tout notre scénario bâclé. Mon père s'est installé à cinq minutes en voiture de la maison, j'espérais une fuite plus charismatique. Il aurait pu s'en aller à Paris, sur une côte au hasard à se faire dorer la pomme d'Adam, sur une de ses îles adorées pour quadras en carence de sensations, ou dans un pavillon sans histoires dans lequel il aurait hameçonné une femme plus jeune, un visage moins tuméfié, sauf que non. Paresse ou esprit pratique, mon père s'est installé dans le village d'a côté qui n'est même pas un village, un lieu-dit plutôt, une sorte d'appendice d'ici, sauf que là-bas le bar-tabac est plus près, pas besoin de prendre la voiture, mon père peut y aller à pied et siroter.

Mon père a investi un mobile home et quand je l'ai appris par la voisine, ça m'a fait rire, lui qui par snobisme détestait tout ce qui était belle étoile et camping. Il s'est remis en ménage très vite, avec Sophie, une infirmière à domicile aux cheveux auburn de catalogue, coupés court, toujours souriante, gentille avec moi, manquerait plus qu'elle morde aussi, qui a un fils aussi, plus jeune, plus viril, un fils qui bigle d'un œil et dont je ne me rappelle jamais le nom, je sais seulement que c'est un nom de chanteur, alors maintenant je l'appelle Elvis.

Mon père vivant à côté, il m'arrive régulièrement de le croiser et comme avec Andrea, je ne sais jamais quoi dire et quelles formules de politesse utiliser. Le plus souvent, je tombe sur lui le week-end à la boulangerie, mon père pourrait aller s'acheter sa baguette dans celle de son lieu-dit sauf que non, c'est meilleur ici. Dans la file d'attente c'est gênant, le père et le fils qui viennent acheter leur miche sans la casser ensemble et derrière, tout le monde semble embarrassé. Depuis, j'évite d'aller acheter la tradi et je dis à ma mère à peine réveillée, désolé rupture de stock, en ce moment la boulangerie est dévalisée dès midi.

Parfois je croise mon père, Elvis et Sophie à Intermarché. Je les aperçois au loin dans le rayon des surgelés, les bras du couple entrelacés comme des vermicelles, amoureux comme au premier jour, Sophie raide de lui, parce que mon père avant les coups sait y faire pour charmer. À côté, Elvis est guilleret, dansant comme un fou autour de leurs jambes et du caddie dont j'imagine d'ores et déjà le contenu : pommes noisettes, steaks hachés, poissons panés, mon père a toujours eu les goûts d'un enfant attardé. Je fais demi-tour d'un pas feutré et pour disparaître, je choisis des rayons improbables, anti-fourmis, javel, assortiments de vinaigre, je découvre au passage des produits insensés comme cette mousse anti-rats qui perturbe la coagulation sanguine des nuisibles et là tout de suite, face au portrait de famille, je ne serais pas contre me munir d'un bon répulsif.

Dans le magasin, Elvis crapahute. Une sorte de cache-cache avec lui-même ou bien des sprints à bride abattue d'un rayon à l'autre, ses pompes grincent sur le sol gras du supermarché, sa tête dépasse de chaque allée, ça me rappelle le jeu des taupes sur qui taper mais ce genre de brutalités, je les laisse à mon père. Vite et sans réfléchir, je prends les premiers articles de la liste. Je ne regarde plus les dates de consommation, je remplis le panier et au bout de l'allée, Sophie apparaît, couleur auburn dans mon viseur, Sophie essaie d'attraper la main de son petit pour le canaliser avant que ça finisse par agacer celui qui, en silence, conduit le caddie à leurs côtés.

Comme Elvis est partout, j'abdique et me dirige vers la sortie. Sauf que mon père et Sophie se tiennent devant les étals de légumes. Le auburn est en pleine sélection de concombres, à moins que ce ne soit de courgettes, en tout cas des légumes et du vert, parce que mon père n'en mange pas assez et qu'elle s'imagine ha ha ha être celle qui va l'apprivoiser. Lui, comme d'habitude, séduit les petites hôtesses qui tendent des morceaux de papaye ou de charcute sur des plateaux en carton doré. Mon père fait le beau et de grands gestes, il se retourne, manque de me voir, Elvis est lui aussi tout près, ses pompes grincent maintenant à dix mètres de moi, c'est une chasse à l'homme ou quoi, alors vite, tant pis pour les courses, je dois me barrer, tant pis pour la liste que ma mère ne peut plus gérer, j'irai dans la petite épicerie du village où le moindre article coûte un organe et désormais je ne tiens plus aux miens, je peux bien vendre un rein pour acheter une conserve de maïs et deux cuisses de poulet.

Le pire, c'est qu'à mon contact, comme ce jour-là où je me fais rattraper in extremis par l'épaule au moment des tourniquets, mon père fait comme si tout était normal. Il est même content de me voir. Il me salue, m'ouvre les bras, il m'embrasse en public comme si on s'était quittés il y a une heure, comme s'il n'y avait pas le trou formé par son poing dans la porte de la salle de bains, comme si j'étais amnésique des ravages et des méfaits, comme si par magie, d'un coup imaginaire d'enduit, la porte, le visage de ma mère et le reste étaient réparés.

Mon père fond son sourire d'imposteur. Ça dure plusieurs secondes puis de sa voix de vendeur de soupe, il m'amadoue, salut lapin, tu vas bien, t'as grandi encore, t'avise pas de dépasser ton vieux père, et alors ma colère dans mes mains devient une matière palpable comme de la corne. Mon père s'en tient au minimum, déférent. Il ne me demande jamais si ça me dit de visiter son mobile home, de passer un week-end ou une soirée en sa compagnie, il choisit les sujets dans une pioche invisible, les notes, l'UNSS, le collège ou bien Romain que je n'ai pas vu depuis des années, ou mes cours de tennis que j'ai arrêtés l'an passé et comment lui expliquer qu'il n'a plus un train de retard, c'est tout le système de voirie qui paraît détraqué.

Sans me faire prier, je quitte mon père toujours à cette question, comment va ta mère, elle tient le coup, s'est-elle un peu calmée, comme si foncièrement ça l'intéressait. Mon père feint de s'impliquer alors qu'il ne tient qu'à entendre cette vérité, ta femme va mal, elle boit maintenant tous les jours, quand elle commence, elle ne peut plus s'arrêter, elle est toujours en arrêt maladie, j'ai peur qu'elle se fasse virer et de fait elle se fera virer juste après. Quand mon père pose la question, son ton se noircit, façon de se dédouaner, lapin tu sais bien, je ne pouvais plus la supporter, j'ai fait ce que j'ai pu, du mieux que je pouvais mais ta mère est un zombie et je préfère largement la laisser sous ton regard d'enfant, entre tes mains impuissantes qui, tous les soirs, comptent les verres, mémorisent les gorgées avant que la porte des enfers ne s'ouvre et ne finisse par, elle et toi, vous enfermer.

ANOTHER ONE BITES THE DUST

Ma mère est maniaque et tout compte fait, Andrea aussi. Il a commencé à l'être quand moi je commençais à me sentir distrait. Je n'avais que le prénom de William en tête et j'avais l'impression que le monde entier le voyait, que je me trahissais par mes égarements, que je transpirais une sueur nouvelle, lourde comme une fièvre. Mon oncle pourtant ne me posait aucune question et ce qui lui importait, c'était de voir sa maison bien rangée. Le linge bien déposé sur le Tancarville, les boxers pliés, les tee-shirts repassés, les chemises encore plus et Andrea se plaisait à me débusquer comme je la débusquais, elle, en plein méfait.

À présent dans la lune, lorsque je me faisais un casse-croûte pour le goûter et que par malheur je laissais la nappe en terre mutilée, Andrea était là, prêt à me corriger. Quand j'oubliais le dessous-de-verre sous mon jus de fruits. Quand je déposais ma cuillère dans l'évier au lieu du compartiment pénible du lave-vaisselle. Andrea se contentait de lever les yeux au ciel, après quoi il finissait par passer derrière moi en gouvernant dévoué et par magie, nappe secouée, cuillère remisée. Mais les remarques d'Andrea ont commencé à faire surface, comme si ça le sortait de sa torpeur, de sa déprime, et la cuillère alors, et la nappe, tu ne peux pas la secouer et moi je m'en fichais, le seul ménage que je faisais dans ma tête s'appelait William.

Le soir, Andrea ramenait des viennoiseries molles, des pains aux raisins esquintés et autres invendus de sa boutique, mais il fallait les manger dans la cuisine et nulle part ailleurs. Une fois, j'ai pris mon goûter devant la télé, y'avait des rediffs de *Buffy* à la télé et je voulais me faire un banquet. Andrea ne bossait pas ce jour-là et je l'ignorais. Il s'est levé, pas le temps de bouger un doigt de pied, Andrea a vu rouge devant mon plateau télé. Il m'a dit que j'étais mal élevé et c'est sans doute vrai.

Toute la baraque à présent témoignait de mon oncle maniaque. Les bols, les assiettes, les verres parfaitement rangés, les bandes dessinées classées, les tableaux dans le couloir dépoussiérés au plumeau et moi le plumeau, je pensais que c'était un truc de vieille, un truc de la voisine, de mégère, de femme au foyer qui regarde au réveil chaque téléachat, pas un truc d'Andrea qui surfe, pousse sa fonte et porte des perfectos noirs.

En voyant mon oncle s'affairer avec son plumeau, son balai, son aspi dernière génération, tout son attirail de ménagère idéale, je pensais longuement à ma mère. J'ai repensé à celle d'avant, ma mère révolue depuis longtemps, ma mère et ses lubies domestiques, ma mère qui s'achetait au marché des produits ménagers miracles avec le logo « vu à la télé », ma mère qui sur une machine spéciale faisait des étiquettes avec le nom des céréales et les collait sur des boîtes en verre, ma mère et ses crises de nerfs quand par malheur je faisais tomber du soda sur son carrelage, ses grands ménages du printemps aussi, qui avaient lieu tous les samedis avant les samedis horribles, ses grands sourires de joie quand le mercredi je prenais l'initiative de passer l'aspirateur dans les étages tandis qu'elle défendait des endettés au tribunal et peut-être qu'Andrea est comme sa grande sœur finalement et que la maniaquerie, c'est comme l'alcool, le vice, la déprime, rien qu'une histoire de famille.

Dès que je voyais Andrea astiquer, rincer, ranger, je voyais ma mère désormais. Ma mère qui chassait les moutons de poussière sous le canapé, ma mère qui repassait minutieusement le soir devant un film sous-titré d'Arte et ce n'était pas une corvée, ma mère aimait ça, elle repassait avec attention, même les draps-housses, les couettes et les taies, ma mère pliait le linge comme une gouvernante de palace et refusait toujours que je porte le moindre pantalon froissé et puis un jour, tout a cessé, le fer est resté à la remise, la pile est devenue montagne et je n'avais plus que des pulls ridés comme des vieux visages pour aller étudier.

Plus j'ai compris qu'Andrea était maniaque, plus son besoin d'ordre est devenu notre mode opératoire. Notre manière de nous parler. J'ai commencé à faire mon lit, bordé au cordeau, comme dans les catalogues de correspondance, à ranger mon déodorant dans le petit placard, à essuyer les postillons de dentifrice sur le miroir, même à donner un petit coup de rembourrage aux coussins du canapé parce que Andrea le faisait avant chaque coucher.

Parfois pour l'aspirateur, la serpillière ou les vitres à nettoyer, je comptais quelques secondes, histoire de voir Andrea s'y mettre avant moi. Mais culpabilisé, je le rejoignais à la tâche, ça devenait notre activité et le week-end, je partais m'occuper des vitres de la chambre d'en bas où personne ne dort mais pas grave. Parce que pour Andrea, j'étais capable de tout, d'être ordonné, d'être un bon fils, à défaut de l'avoir été pour celui qui m'ordonnait de nettoyer le bocal du bêta et de vider le lave-vaisselle et que j'ignorais royalement parce que voilà les seules paroles paternelles qui constituaient ma journée. Pour Andrea, bien sûr que je me suis chargé du lave-vaisselle. J'y mettais les casseroles sales, les verres à pied qui ne faisaient que tomber, les grandes poêles impossibles à caler, les couteaux tête en bas dans le compartiment pénible du premier étage, je passais même un coup d'eau sur mon assiette avant de l'y déposer parce que Andrea le faisait et même si je ne voyais pas l'intérêt de mettre une assiette quasiment nettoyée au lave-vaisselle, je m'y collais chaque fois, pour Andrea, mon père inverti.

BORN TO RUN

Ma mère est malade et comme un voyageur de l'extrême, je m'invente une vie. Depuis toujours, j'annonce à tous que je coule des jours heureux. À mes amis, je dis qu'on va tout le temps au cinéma, au théâtre, au ballet alors que je n'ai pas vu de spectacle vivant depuis une décennie. Je pousse le bouchon loin souvent. Je fanfaronne qu'on va à l'opéra une fois par mois, qu'on est invités par des grands clients de ma mère, des gens fortunés qui ont des maisons partout, même dans les Caraïbes, l'été prochain on ira peut-être, ça dépendra de ma mère et de son cabinet.

Mes amis me regardent avec admiration. Avec leurs parents, c'est pas le même tarif, repas, télé, déjeuner avec mamie le dimanche midi et je n'ai pas honte de leur dire que moi je ne pourrais pas vivre ainsi, que j'ai besoin de frisson, de grandiose, d'excitation, non je n'ai pas honte de les culpabiliser, ni de les manipuler, car je ne pense pas à mal, c'est ma manière de marcher sans tomber.

Durant les pauses déj et les récrés, j'en rajoute une couche, je suis allé voir un spectacle génial avec l'actrice connue qui a eu un César. La pièce était en tournée, c'était la première en province, ma mère ne voulait louper ça pour rien au monde, on a applaudi vingt minutes à la fin, standing ovation comme on dit, et parfois las, mes amis me disent qu'ils préfèrent parler des filles qui nous matent sur le muret d'en face que de pièces de théâtre ovationnées. Mais le mensonge est une locomotive lancée et je ne peux pas m'arrêter. Je continue d'enjoliver, c'est plus fort que moi, comme si un fil épais d'une bobine irrésistiblement s'évidait. Pour les amadouer, je laisse de côté les spectacles vantards et vas-y que j'innove, ma mère vient de me payer la PlayStation, j'en avais assez de la Game Boy, bien sûr que je joue tous les soirs, jusqu'à ce que ma mère nous emmène au restau, elle travaille trop pour penser à cuisiner et moi ça me va, je mange comme un ogre là-bas, surtout au japonais à volonté. Les copains posent des questions. Le nom des plats, sashimis, ramens, sushis, c'est quel genre de poisson, c'est pas trop immonde le riz froid? Et je dis que non, c'est trop bon, avant de retourner chez moi et de sortir les poissons panés.

À force de bobards, je commence à y croire. Je visualise des tables de restaurants, des menus, des sorties équestres, des vacances éloignées, des visites de musée, parfois je vais même à l'office du tourisme de la ville pour fomenter mes parades, je lis les brochures, la dame de l'accueil doit se demander ce que je trame et peu importe, je retiens par cœur, au musée de la Préhistoire, on peut apercevoir des stèles néolithiques, ça ne vaut pas le musée d'Art moderne mais pour un après-midi pluvieux, ça le fait.

Plus les mois d'invention passent, plus je comprends une chose effroyable. Le mensonge est un gouffre sans filet, un puits sans fond, une varappe sans amarrage et à ce rythme, je ne vais pas tenir, j'ai l'impression de tomber, tomber, tomber, sans jamais me relever. Quand je décide de me calmer, les mensonges reprennent malgré moi. L'un des copains m'annonce, je viens d'avoir la PlayStation, c'est trop bien, je joue à Spyro comme un malade et moi aussi, réponds-je sans argumenter tandis que l'ami enchaîne, il me fait trop rire ce petit dragon mauve et tout à coup fébrile je dis que oui, quel sacré dragon, alors que je visualisais un aventurier, un pirate, un mercenaire, pas un animal violet.

Je mens comme un arracheur de dents et je n'ai plus le choix. J'explique que maintenant que le père s'est tiré, nos week-ends sont chargés. Du shopping pour ma mère, de la natation, du parapente pourquoi pas, je viens d'emprunter un livre au CDI sur le sujet et c'est ça mentir, simplement employer deux-trois termes techniques qui ont l'apparence du vrai. Quand ma mère se met dans un sale état, je manque le bahut pour veiller sur elle et rebelote aux profs et aux secrétaires, je brode. Bronchiolite, angine, rhinopharyngite, c'est facile, suffit de parler du nez et d'avoir l'air fatigué. Mes copains me chambrent de ces absences répétées, pas étonnant tu viens de rentrer du ski, t'es toujours en virée, et comment leur dire que je n'ai pas mis un pied dans la poudreuse depuis mes huit ans passés.

WE ARE THE CHAMPIONS

Ma mère a perdu mais la France a gagné. Au football, c'était dimanche dernier. Andrea avait fait venir ses amis, il était surexcité. Je ne l'avais jamais vu dans cet état. On aurait dit une Miss France tout juste consacrée. Mais ça me faisait plaisir de le voir comme ça, joyeux et délesté. J'ai rencontré ce soir-là Fred, Ludo et Erwan, ses trois amis, les Trois Mercenaires qu'il disait et j'ai fait semblant de rigoler, les surnoms collectifs, ça m'a toujours miné.

Pour la soirée, Andrea avait mis les petits plats dans les grands, une grande tablée dressée, des plateaux en osier, des fromages à pâtes dures, molles, fleuries, persillées et à croûte lavée et je n'y connaissais rien mais Ludo avait à cœur de commenter chaque chaource et chaque patachouffe sous son nez. Andrea avait aussi acheté des bouteilles de vin très chères qu'il ouvrirait si la France l'emportait contre le Brésil. Et devant les Château Montrose et Haut-Brion, les Trois Mercenaires priaient pour que la soirée soit un succès.

C'était la première fois que je me retrouvais dans une soirée match de foot, une soirée où je faisais semblant de comprendre les règles, les coups francs, les corners, les rentrées de touche et au début j'étais mal à l'aise. Tous ces signes me donnaient l'impression d'être à part, intrus aux mains humides qui cherchait tant bien que mal à jouer un rôle que personne ne pensait lui attribuer. Alors malhabile, je posais des questions. C'est qui Emmanuel Petit, c'est le petit là devant le gardien chauve, et Erwan me disait non, c'est le grand blond frisé, avant de se remettre une plâtrée de coulommiers dans le gosier. Pour dissiper ma gêne, je continuais, et Lebœuf, c'est celui qui a un regard de bovin castré ? J'attendais une avalanche de rires mais je faisais flop sur flop. Les Mercenaires étaient dans leur match au point que plus rien n'existait. J'aurais pu danser la lambada, passer l'aspirateur, faire fondre leur fromage précieux à coups de chalumeau, rien n'importait tant leurs yeux absorbaient chaque passe et chaque jeu de jambes maîtrisé. Au fond c'était beau à voir. Cette façon d'investir le jeu. D'analyser, jauger, faire expertise de chaque minute comme des commentateurs improvisés. Leurs yeux scrutaient l'écran comme des radars militaires, leurs mains s'agitaient comme celles d'un chef d'orchestre, leurs voix allaient dans les aigus quand le ballon s'approchait des cages et plongeaient dans les graves quand celui-ci menaçait la partie. Leurs pieds étaient sur le qui-vive, comme des pompiers réservistes, prêts à bondir au moindre but, au moindre incendie. Finalement, le match m'offrait ce double spectacle et je n'en loupais plus une miette. C'était comme une dévotion qui les reliait, une grande secte à laquelle adhéraient aussi les voisins de chaque côté des clôtures dont on entendait la même musique au loin, ces voix qui montaient et redescendaient comme des montagnes russes.

À la vingt-septième minute, tout a basculé. À la suite d'un coup de pied de coin concédé par Roberto Carlos, la France a inscrit un but : Zidane à six mètres au premier poteau venait de placer une tête piquée au centre de la cage du gardien. Le salon est devenu séisme. Les Trois Mercenaires sautillaient, s'enlaçaient, s'embrassaient à pleines joues et sur mon tapis, je regardais la scène, perplexe. Puis Zidane a marqué de nouveau et la liesse encore une fois. Dans la joie qui faisait tressauter les écorces de fromages, je pensais à William. Je me demandais s'il regardait le match avec sa famille dans leur hôtel de bord de mer, si son clan soutenait la France ou s'ils s'en fichaient royalement et qu'ils en profitaient pour se faire des plateaux hors de prix de mollusques dans les restaurants les plus convoités.

Avec William dans mes pensées, le match est devenu une affaire personnelle. Une contamination progressive, gagnée par la frénésie de la victoire et celle du garçon qui m'envoûtait. La fureur du quartier y était pour beaucoup. La voix chantante des commentaires dont je percevais les inflexions agitées, la peur d'une contre-attaque puis la joie tonitruante à chaque but. J'avais l'impression d'être au milieu d'enchères publiques, au centre d'un grand cirque, dans le plus grand marché du monde, devant William qui me regardait.

La France a mis trois buts et l'histoire, on la connaît. Le vieux commentateur qui, dans les larmes, hurle on peut mourir tranquilles maintenant. Les klaxons et les cris toute la nuit. Les bouteilles de vin qu'Andrea a sabrées comme un marin sabre son champagne avant de partir au large. L'émotion des gens qui, les uns après les autres, sortaient de leur maison comme des cafards devenus aimables. Et toute cette foule qui pour une fois voulait se diluer, marcher ensemble, arpenter la ville comme une patrie unie. Assis sur son tapis, Andrea était radieux. Avec ça il y avait des chances qu'il oublie un peu plus Stéphanie. Mais face à lui, dans le bruit hilare des gens et les motifs torsadés du tapis, une part de moi virait triste. Ma mère avait sûrement dû regarder le match d'où elle était. Je n'avais pas pensé à elle depuis le début de la fête. J'avais oublié ma mère. Une victoire, une simple victoire, et je faisais de ma mère une étrangère.

THE RIDDLE

Ma mère est un mot que j'oublie et avec William, je deviens amnésique. Je vire mécanique, robotique, physique, hydrodynamique. Tous les midis, je retrouve William dans un coin nouveau de Saint-Malo. Il est mon explorateur et je suis son pilote, celui qui porte ses grandes jambes d'Anglais sur le porte-bagages sans souffler. J'ai déserté la maison, quitté Caroline cachée dans ses bosquets, le grand canapé, les meubles en bois d'Andrea qui me regardaient m'ennuyer. Maintenant mon corps vit dehors. Il vit de sable et d'embruns, d'air climatisé de supermarché et de fumet de crustacés.

Avec William, on va partout mais on ne visite pas. On furète comme dans un tiroir. Les ruelles, les allées, les venelles, les coins fantômes de la ville. Les squares aussi, William adore ça. Il commente les plaques commémoratives placardées là, invente la vie de ces gens qui ne sont que des noms sur une feuille d'acier, Martine la communiste, Pierre-Marie le catholique. Dans les squares, William aime regarder les vivants aussi.

Les parents épuisés sur les bancs et les enfants se faire la guerre pour une balle ou un toboggan. William cherche à deviner leurs histoires, comprendre qui décide et mène le jeu dans le bac à sable. Mais souvent William me dit qu'il ne faut pas regarder de trop près, fixer les gosses dans leur environnement, au risque de passer pour un *piiidaw*. Je ne savais pas si mon Anglais blaguait mais c'est vrai qu'après quelques minutes, William me tirait par le bras et m'emmenait plus loin. La vérité, c'est surtout William qui détestait qu'on l'observe. Il avait sans cesse un air voleur dans le regard. Une silhouette d'espion. Il fallait le scruter longtemps, longtemps pour se remémorer ses traits tant William était imprenable, rapide, insaisissable. Les premiers soirs quand je rentrais de nos balades, mon oncle à quatre pattes dans le jardin en train de désherber, je me faisais la réflexion que l'image de William s'évanouissait dès que je m'en allais. Il devenait hologramme, mirage d'été. Un point noir dans la mer qui brillait, brillait et disparaissait dans les flots argentés. Mais je ne voulais surtout pas l'oublier. Je voulais que William me hante comme le fantôme qu'il était. Alors il fallait me faire violence pour reconstituer le puzzle de son visage. La couleur inouïe de ses yeux, la forme de son nez, le dessin de ses lèvres, son corps de lémurien. Et quand je me couchais, je me promettais d'être moins timide le lendemain, d'avoir le regard moins fuyant, les yeux plus francs pour fixer et mémoriser à jamais le visage de William qui se déplaçait furtivement autour de moi comme un panache de vapeur insensé.

Les premiers jours, j'avais le sentiment que William aimait m'emmener dans les culs-de-sac et les endroits désertés pour entreprendre quelque chose. J'étais fébrile, sur le qui-vive, dans l'attente de la sentence. Mais aucun mot ne sortait de sa bouche. Aucun geste ne sortait de ses poches. Rien ne se passait si ce n'est nos discussions banales que j'adorais et toutes ses devinettes recherchées qu'il se plaisait à inventer et qu'il appelait broutilles. Qu'est-ce qui approche toujours et n'arrive jamais ? Qu'est-ce qui grossit, grossit, grossit plus on le vide ?

William adorait jouer. Il aimait mener la partie. Poser des colles. Découvrir mon regard perdu, ma réflexion active, mon air agité, mes yeux qui d'hypothèse en hypothèse batifolaient comme des ailes d'insecte. Plus ses jeux avançaient, plus William me donnait des indices. Réfléchis, disait-il, tu m'en as parlé toi-même avant-hier. N'oublie pas ce qu'on s'était dit en haut du phare aussi. Pour William, tout était jeu. Il était allergique à un aliment et bien sûr que là encore il me fallait deviner. William riait de me voir pion dans sa partie. C'est une plante herbacée. Allez c'est facile. Apparemment c'est bon pour le corps. On utilise autant ses feuilles que ses racines. Et moi niveau légumes, je connaissais que tchi.

Quand j'approchais de la réponse, son visage s'éclairait. Le maître du jeu était radieux de me voir en passe de gagner. Et dès que je résolvais sa devinette, William me lançait un bravo tonitruant qui résonnait au fond des pierres brunes des rues de Saint-Malo et aussitôt mon Anglais tournait les talons et prenait le chemin d'un autre endroit secret. Quand je ne trouvais pas la réponse, William déguerpissait aussi. Impatient, il disait tu trouveras plus tard, je laisse ton cerveau travailler. Et le soir à table, l'air de rien, j'interrogeais mon oncle sur les plantes herbacées.

Dans les endroits minuscules où William m'emmenait, ça sentait la pierre froide, l'humidité, la douceur de l'été, William éternuait toujours quand il sortait d'un endroit, je trouvais ça drôle et singulier et j'aimais me retrouver à l'abri du monde avec lui, dedans, dehors, là où ça sentait l'intimité, le secret, la possibilité, tout comme l'haleine et la peur de deux garçons de devoir enfin se toucher.

Pourtant les jours passaient et nos corps restaient loin l'un de l'autre. Ses mains et les miennes étaient deux pays distincts, de chaque côté de ces barbelés enroulés en acier trempé, hérissés de lames de rasoir qu'on appelle concertinas parce qu'ils ressemblent aux accordéons du même nom. Mes mains et ses mains préféraient passer de rocher en rocher, de barricade en barricade, pour atterrir autour d'un fort isolé, sur un îlot rocheux accessible uniquement en basse marée. C'était un fort en ruine, abandonné, interdit à la visite. Un fort idéal aux quêtes de William qui tentait par tous les moyens de trouver une entrée et qui, las, finissait par repartir de l'autre côté.

Qu'est-ce qui approche toujours et n'arrive jamais ? William, sans aucun doute.

Quand on repartait, il s'arrêtait sur la plage. Mon Anglais étalait ses grandes jambes élancées de sprinteur dans le sable, ses mains creusaient des trous comme deux fugitives alarmées et son regard disparaissait dans l'éclat du soleil. Quand il en avait assez de creuser, William retirait son tee-shirt, le jetait en boule sur mon visage en riant et s'en allait se baigner. Dans sa course vers la mer, sa voix disait allez suis-moi, et je restais figé dans mes sables, dans le spectacle de William qui allait disparaître en petit point noir dans les flots cuivrés et pour rester sur la terre ferme, je m'agrippais à son vêtement et me contentais de respirer l'odeur ensoleillée d'un simple tee-shirt blanc.

Qu'est-ce qui grossit, grossit, plus on le vide ?

Les trous de William dans le sable.

Une autre fois, c'était un samedi, on était tous les deux assis sur un banc au pied des portes de la ville, à la vue de tous. On regardait la foule passer, on inventait les gens mieux qu'ils n'étaient. Les trois petites filles derrière leur père qui agacé marchait droit devant elles. Un couple de jeunes mariés enlacés. Une meute de petits vieux qui sortaient du casino un peu plus ruinés et je ne sais pas pourquoi, c'est ici, loin de nos endroits secrets, que William m'a embrassé.

Moi qui croyais tout ce temps que William cherchait le bon endroit, en repérage du secret parfait, j'avais fait erreur. Face à William qui entreprenait, je me suis raidi. Mes pieds n'ont fait qu'un avec le gravier qui grêlait sous mon poids. William a d'abord mis sa main sur ma cuisse, doucement, comme un voile qu'on dépose sur un bel objet. William m'a chuchoté un mot à l'oreille : demain. C'est demain. Ce qui s'approche toujours et n'arrive jamais. Puis en souriant de sa devinette, il s'est approché.

J'ai fermé les yeux, comme si le monde se terminait. William n'était plus qu'à quelques centimètres, les fillettes et les vieux s'étaient volatilisés. Mes mains n'existaient plus, j'étais prêt à subir ce qui allait se passer et ce qui s'est passé n'a pas de nom, que des sensations. C'était la scène frisson du film, une acrobatie de haute voltige, un tour du monde en caravelle réunis. Un tas de couleurs et de paysages ont défilé devant mes yeux. J'étais partout et nulle part. Sous mon chapiteau de cirque et sur la proue vertigineuse de mon voilier. Je n'étais plus qu'une peau engloutie, une zone oubliée, plus que deux lèvres fébriles, une bouche salée emmêlée à celle qui venait de sortir de la mer.

UN MUR POUR PLEURER

Ma mère est en vie et le petit poisson est mort. Je l'ai retrouvé ce soir, son ventre tourné vers le ciel, flottant à la surface, on aurait dit un nénuphar. Au milieu du salon, je ne savais pas s'il fallait débarrasser le bocal qu'avait dégoté Andrea, s'il fallait jeter le combattant aux toilettes et tirer la chasse ou l'enterrer quelque part. Je n'étais pas triste mais sa mort m'a rendu nostalgique. Je me suis souvenu de la fois où j'avais gagné le petit poisson, dans cette foire estivale bruyante, au beau milieu des Landes, il y avait ma mère, Pat et Elizabeth et leurs enfants qui étaient mes amis depuis longtemps. Avec Cécile, la fille aînée de Pat, on se disait tout. Dans les aiguilles de pin, on avait une tente rien que pour nous. C'était la seule qui savait pour ma famille. La seule pour qui je ne trafiquais pas la vérité. Et puis Cécile était une fille intelligente, elle voyait bien comment ça se passait durant les dîners, ma mère, ses éclats de voix, ses élans déplacés, ses regards torves à mon endroit depuis le départ de mon père. Parfois Cécile me disait que j'étais devenu la nouvelle cible de ma mère et elle avait raison. Elle me disait que lorsqu'elle scrutait ma mère me scruter, elle avait l'impression qu'elle regardait une femme regarder sa solitude imposée.

Un jour, pour le Nouvel An, Cécile filmait les gens danser et faire la fête avec le caméscope de son père et plus les heures passaient, plus ma mère ivre m'avait dans le viseur. Cécile avait filmé ma mère tombant dans la méchanceté. Ses remarques qu'elle m'adressait quand personne n'écoutait, va dans ta chambre, dégage, je ne veux plus te voir. Mais je restais à table, affront personnifié, et ma mère ne le supportait pas, ses regards ressemblaient à des armes. C'est ce que m'a dit Cécile en regardant après coup les images.

Quand dans le salon, Andrea a vu le combattant flotter, il s'est mis à soupirer. Il s'en est voulu. Andrea s'est demandé si les paillettes qu'il avait achetées étaient adaptées, si le bocal n'était pas trop petit, peut-être au fond qu'il l'avait tué. J'ai répondu à Andrea qu'il était vieux, qu'il avait combattu déjà quelques années et je lui ai demandé quoi faire du macchabée. Andrea a dit qu'il s'en occuperait après le dîner et après le dîner, le bocal, les paillettes et le poisson ont disparu du coffre en bois laqué.

Le même soir, alors que j'étais couché, j'ai entendu les larmes d'Andrea. Je savais que ça n'avait rien à voir avec le combattant mais les nuits ont passé et Andrea pleurait. Je n'osais pas y croire. Au début, je pensais que c'était la canalisation qui faisait des siennes. Un bruit dans les murs, un chahut de gouttière. Car j'avais grandi en pensant que seules les fillettes, les filles, les femmes, ma mère pleuraient en silence dans leur chambre à coucher. Andrea ne pouvait pas pleurer comme ça, il était si grand, si fier, si solide avec ses haltères à chaque bras. Mais j'ai collé l'oreille à la paroi, les mains autour comme un verre et derrière les larmes, j'ai entendu la voix déformée d'Andrea.

Une nuit sur deux, Andrea déversait et j'étais incapable d'intervenir. Pour dire quoi ? Faire quoi ? Lui dire que je savais tout à propos de Stéphanie ? Lui passer une main maladroite sur l'épaule ? Bêtement j'avais espéré que la victoire de la France ait effacé son chagrin mais Andrea était triste et quand j'entendais ses larmes cadencées, je percevais comme des rires en rafale, un déferlement grave qui partait de la gorge et s'en allait s'étaler au fond de l'oreiller qu'il tenait étouffé sur son visage.

J'ai fini par me sentir coupable. J'étais heureux et Andrea ne l'était pas. J'avais accumulé toute la joie qu'on lui avait retirée mois après mois. C'était ma faute. J'avais l'impression d'être un vampire. Plus j'étais grisé de mes plages avec William, plus Andrea sombrait et moi à côté, stoïque, immobile comme mon poisson mort, je lui volais chaque sourire et chaque joie.

La nuit dernière, il était 2 heures, Andrea était au téléphone. La conversation était lointaine, confuse, mais en me concentrant sur les accrocs du mur, j'entendais des bribes. Vide, éteint, sans but, goût à rien. D'un chuchotement, Andrea disait que plus rien ne lui importait, qu'il n'avait plus d'objectif dans la vie et je me suis demandé si c'était ça la vie, rien qu'une série d'objectifs définis.

Je comprenais ce que mon oncle bégayait, gorge nouée, de l'autre côté de la paroi. Il était dans le même état que moi lorsque au petit matin, je découvrais ma mère affalée sur la table de la cuisine ou dans le jardin, entourée des affaires de mon père qu'elle brûlait à coups d'essence et d'un briquet. Anéanti, le corps blanc. Sans force. Lorsque je le retrouvais à l'aube avant son départ à la boulangerie, Andrea reprenait miraculeusement sa posture, son rôle, ses yeux tout petits et son visage grossi par les pleurs s'efforçaient de me lancer quelques mots, ses gros bras musclés me passaient le jus de fruits tandis que dans ma tête, je n'entendais plus que sa voix déformée par la lucidité de la nuit.

Parfois pour couvrir son chagrin, Andrea mettait de la musique à volume bas. Mais mon oreille espionne entendait. Elle reconnaissait la voix de cette chanteuse, Anne Sylvestre. Je ne la connaissais pas, ma mère écoutait rarement de la variété française, sauf Bashung peut-être. Mais les chansons d'Anne Sylvestre étaient dans l'ordinateur d'Andrea, dans le dossier Stéphanie. Je les avais écoutées. Elles étaient souvent belles et souvent tristes. L'une des chansons disait :

Je cherche un mur pour pleurer
On ne pleure plus, paraît-il
On avale tout, c'est facile
On ne dit plus rien lorsqu'on vous crache dessus
On reste serein, la colère c'est mal vu

Après plusieurs nuits, j'en ai eu assez. Il fallait aider Andrea alors je suis parti à la pharmacie. J'ai fait la queue, j'ai demandé conseil. Dans sa blouse, le monsieur à moustache m'a regardé comme si j'étais un ado paumé et je n'ai pas rectifié. Pour une fois, je n'en avais rien à cirer de ce qu'on pouvait inventer. Au guichet, alors qu'une file indienne de dames à corsaire attendaient derrière moi, j'ai parlé de tristesse, d'humeurs déréglées, de sommeil agité. Est-ce que vous auriez un petit remède qui peut remettre sur pied ? La moustache m'a tendu une petite boîte bleu et vert qui ressemblait à l'été. J'ai tout de suite été emballé. La moustache m'a dit que l'Euphytose était à base de plantes, aubépine, ballote, valériane, et d'accord parfait. J'ai demandé combien de cachets il fallait avaler par jour et le pharmacien a répondu, selon les états, un ou deux comprimés, trois fois par jour et avant le sommeil c'est plus que conseillé, ça permet de calmer l'anxiété. J'ai répondu une nouvelle fois parfait. En repartant, j'ai mis Anne dans les oreilles, ça aurait pu me miner mais j'avais l'image de William devant moi pour pédaler.

Je cherche un mur pour pleurer
On est toujours plus ému par ce qui est loin
Mais on oublie la détresse de son voisin

Les médicaments dans mon short, je suis rentré à la maison. Andrea était sur le canapé devant une course d'athlétisme et dans le bruit des coureurs, j'ai pensé à William qui sautait chaque haie. J'ai dit salut au loin, Andrea m'a répondu de même et au lieu d'aller dans ma chambre, je suis allé dans la sienne. Sans un mot, j'ai déposé le flacon sur sa table de chevet et j'ai refermé la porte tandis qu'Anne finissait sa chanson.

On ne pleure plus, paraît-il
On rigole, c'est plus facile
On n'écoute plus les poètes, les errants
On leur dit « Taisez-vous vous n'êtes pas marrants. »
On est télé, télé
On est si fatigué de penser

BICYCLE SONG

Ma mère est allergique à elle-même et chez William, c'est le céleri. J'ai passé une heure sur l'ordinateur d'Andrea pour trouver la réponse. Coûte que coûte, je voulais gagner au jeu de William. J'ai écumé les sites de santé publique comme un pestiféré atteint d'une maladie rare. L'ADSL ramait, chaque page prenait cinq minutes pour s'ouvrir et mes pieds cognaient d'impatience contre la grande tour.

Sur Internet, je devenais expert en intolérances alimentaires et autres allergies provoquées par les acariens, les poils d'animaux, les pollens et les moisissures. Mais aucune info sur les plantes herbacées. J'ai seulement appris que les ficus, les philodendrons et les cactus, de par leur sève et l'oxalate de calcium, pouvaient être répulsifs. J'y ai repensé comme à une vérité, car c'était précisément ces types de plantes que ma mère entretenait patiemment dans le salon carrelé ; alors tout compte fait, peut-être que mon père n'était qu'un allergique souffrant, quinteux et en fuite pour sa propre santé.

Une allergie, lisais-je sur l'écran d'Andrea, se caractérise par le dérèglement du système immunitaire responsable d'une perte de tolérance à des substances, *a priori* inoffensives pour tout à chacun, et rencontrées dans la vie quotidienne. Dit comme ça, je me suis demandé si on pouvait être allergique à l'amour, à la famille, à ses propres enfants.

En découvrant la liste des principaux allergènes, j'ai appris qu'on pouvait mal réagir aux œufs, au lait, à la moutarde, à l'arachide, aux mollusques, aux graines de sésame, au soja, aux fruits à coque, aux céréales et au céleri. Heureusement ni aux crêpes ni aux sucreries que William tenait à tout prix à me payer en fin d'après-midi dans la petite épicerie à l'angle de la rue Surcouf. En revoyant la liste sous mes yeux, ça a fait tilt. J'ai voulu confirmer mon hypothèse et trois minutes plus tard, Google a validé ma théorie. Le céleri était une plante herbacée, bonne pour le cholestérol et la rétention d'eau. On pouvait consommer ses tiges et ses côtes, ses feuilles, sa racine et ses graines. William était forcément allergique à ce type de persil et j'avais hâte de pouvoir l'impressionner demain sur notre digue.

Quand j'ai crié victoire, Andrea a fait irruption derrière moi. Sa voix s'est élevée comme un rempart dans mon dos. Elle m'a dit tu fais quoi ? Ne me dis pas que… Andrea n'a pas fini sa phrase et son insinuation m'a dégoûté. Faussement concentré sur l'écran pixélisé, je me suis contenté de dire que je faisais une recherche sur les plantes herbacées. Encore ? m'a répondu mon oncle que j'avais questionné la veille sur le même sujet.

– Mais tu prépares un exposé, t'as un cahier de vacances que j'ignorais ?

– J'ai passé l'âge des cahiers de vacances, Andrea.

Et sans me répondre, mon oncle s'est installé dans le canapé et a allumé la télé.

– Tu mets quoi ? Pas encore ton Tour de France, là ?

– Si, pourquoi ? C'est l'avant-dernière étape.

– Vivement que ça se finisse, ça me déprime.

– Tu connais rien au vélo, c'est tout.

– Des types qui pédalent en meute toute la journée et d'autres types bourrés qui les acclament sur les bas-côtés, j'ai parfaitement saisi.

Andrea s'est marré et pour me faire enrager, il a augmenté le volume de la télé. On n'entendait plus que la voix du commentateur s'extasier des progrès de Pascal Lino et Pascal Chanteur et rien que leurs noms me donnaient envie de ricaner. Sur l'écran d'ordinateur, le service Wanadoo m'a prévenu qu'il ne me restait plus que quarante-cinq minutes de connexion. J'ai éteint le modem. J'ai rangé la chaise du bureau et comme je partais vers ma chambre, la voix d'Andrea est venue faiblement jusqu'à moi. Dans le brouhaha des cyclistes épuisés, il m'a dit :

– J'en ai pas besoin mais merci. Pour les médicaments, je veux dire. Merci.

SINGIN' IN THE RAIN

Ma mère est une tempête et depuis trois jours, la ville et moi vivons sous la pluie. Tout autour, les plages ressemblent à des taches grises projetées sur une toile triste. Avec William, on a beau enfiler un K-way trop grand, des bottes de fermier, tenter quelques échappées sur le barrage de la Rance, le long du sentier côtier, ou avec les jumelles admirer l'île du Grand Bé, impossible de profiter du moindre instant.

La pluie bretonne n'est pas une pluie comme les autres. C'est un crachin mesquin, une petite saloperie, comme des millions de postillons toussés au visage. Et ce qui m'agaçait, ce n'était pas ce temps de chien mais le comportement de tous ces chauvins qui faisaient mine que oh, quand même, ce n'était pas grand-chose, des intempéries de rien du tout, des averses bretonnantes par-ci par-là, bretonnant mes fesses, mais soyons honnêtes, qu'ils disaient, il ne fait pas plus soleil dans le Sud, ici aussi c'est quasiment beau temps tous les jours et je leur en foutrais moi de leur beau temps, étaient-ils déjà allés à Nice,

Marseille ou Antibes tous ces gens parce que j'étais enfermé depuis trois jours à regarder la pluie titiller les vitres et à écouter Andrea cliquer sur sa souris.

William n'était jamais dérangé par la pluie. Il trouvait que j'exagérais, que la pluie rafraîchissait, qu'elle ravivait. Quand d'une humeur de dogue, je l'avais quitté vendredi au milieu du vent, William riait comme un enfant, la tête trempée, les cheveux qui dégoulinaient comme des serpents d'eau relâchés dans un étang et même s'il ressemblait à un pauvre marin à bout de nerfs, il était beau, il m'embrassait sans gêne et qui étais-je pour le contredire et l'accabler de mes grognements. Faut dire que William était anglais, il était coutumier du fait. William aimait dire qu'en Angleterre, *we are used to* ce genre de temps pourri, c'est comme notre ADN, notre histoire nationale et en regardant mon grand serpent d'eau s'en aller vers son hôtel, la démarche pleine d'allant, sifflotant comme un chanteur de comédie musicale ou un nain joyeux de bonne trempe, j'oubliais le temps de chien, mes mains picotaient encore du contact de William, contaminé par autre chose, un élément non identifié venu du ciel et je repartais à mon tour, mon humeur de dogue diluée sous la pluie comme après un bon coup de brique.

J'ai passé le week-end claquemuré et ma mauvaise humeur est revenue comme une saleté de boomerang. Il n'y avait rien à faire, rien à la télé, rien à se goinfrer à part des gressins au sésame et merci je préférais encore la famine. À côté, Andrea s'était décidé à faire de la maison entière un chantier. Moi qui depuis des semaines l'avais contemplé inerte, voilà que mon oncle devenait le bricoleur de l'année. Remplacements des joints de la salle de bains, coups de peinture sur les plinthes abîmées, rempotage des fleurs, ponçage d'une vieille porte achetée en brocante, Andrea était de tous les fronts. Pour me montrer de bonne composition, j'ai voulu lui donner un coup de main mais quand j'ai confondu la pince à bec long avec la pince coupante, Andrea s'est moqué, il m'a dit comment tu peux confondre la pince à bec long avec la pince coupante, comme si ces machins étaient deux évidences et je me suis braqué, j'ai mis les voiles du côté de la chambre, le plantant seul entouré de ses outils, ses pinceaux, sa scie à métaux, son pistolet à colle chaud que, pour la peine, j'aurais bien braqué sur lui.

Parce que je n'étais pas en sucre, c'était la phrase de mon père, j'ai pris le vélo pour prendre l'air, en quête de sucre justement. Sur ma selle, la pluie était pire, elle m'arrachait les doigts qui tant bien que mal se cramponnaient au guidon, le vent me fouettait la tête, mes oreilles sifflaient comme une cage d'oiseaux alarmés, et d'une humeur massacrante, je me suis arrêté dare-dare devant le Cora pour m'acheter quelques Chupa et autres Carambar qui débecteraient Andrea.

En accrochant mon vélo à l'abri des caddies, j'ai croisé le groupe des teufeurs qui faisait la manche au milieu du parking. Une fille aux cheveux noueux dansait sous la pluie. Trois types face à elle la regardaient l'air ahuri, buvant des bières que William appelait la 8-6. Des bières de teufeur il disait, comme si chaque groupe social avait sa cervoise. La fille semblait jeune, majeure depuis peu, une fille pour qui il s'était passé quoi, virée de sa famille, expulsée de son école, battue par son père, rejetée par sa mère maquée à un autre, je me demandais l'histoire et je savais que c'était forcément un truc grave. Alors l'air de rien, j'ai regardé la jeune fille être à sa vie, j'ai eu de la peine de la voir là, sous la flotte, trempée qu'elle était, sans toit ni rapatriement possible, mais tous riaient, ils se tenaient chaud, ils semblaient prendre la pluie comme un rite, ils étaient étranges un peu, oui, sûrement mais peut-être qu'ils étaient plus heureux que toutes les familles qui couraient affolées vers l'auvent du supermarché.

Chaque fois qu'un passant garait son caddie, la fille aux dreadlocks s'approchait en remuant du bassin. D'une voix trop appuyée, elle demandait la pièce de dix francs que le client venait de récupérer. La technique n'avait pas l'air de marcher et la fille dans mon viseur dansait de moins en moins, lassée de devoir bosser face au Cora sinistré. Dès que les silhouettes approchaient de l'abri, la fille reprenait sa danse de pluie comme si de rien n'était, à croire qu'elle s'adonnait à un spectacle, une sorte de technique rentre-dedans, et un type adossé aux rambardes avec sa queue de rat blonde, son jeune chien sur ses genoux et sa bière à la main, a fini par grommeler, ras le bol de la petite monnaie, te fatigue pas Jessy, faudrait qu'on se taille un bon jarret, moi je vais pas croupir ici tout l'été. Les autres ont ri, Jo disait vrai, qu'ils répétaient, et la fille a cessé de danser, assise au milieu de ses potes, descendant la bière du type à la queue de rat d'un trait.

En rentrant, alors que je venais de planquer mes paquets de sucrerie dans ma chambre, j'ai vu qu'Andrea en avait fini avec son chantier. Il avait rangé la caisse à outils et au robinet, il essayait tant bien que mal de retirer les croûtes de peinture qui avaient recouvert les plis de ses doigts. Entre le salon et la véranda, j'ai découvert la vieille porte repeinte couleur beau bois. Elle était posée près des deux fauteuils en cuir comme un trophée, une porte inutile qui ne s'ouvrait sur rien, un bibelot taille giga, et Andrea m'a dit d'une voix exaltée c'est pas mal non, ça rend bien, tu trouves pas, et je ne trouvais pas mais je me suis fendu d'un hum hum qui dans le langage adolescent signifie ce que tous les autres veulent entendre.

Andrea se sentait satisfait, débarrassé de ses corvées qui s'amoncelaient depuis des années. Il se sentait la capacité de tout entreprendre, il faisait des listes de choses à terminer et dans les pièces autour de moi, Andrea tournoyait comme un petit patron, il souriait tout le temps, imbu de ses accomplissements, il souriait comme un acteur pour pub de dentifrice, ça me faisait plaisir, je me disais que c'était en partie grâce à moi et mes médicaments et puis pour lui montrer que j'étais content pour lui, j'ai souri, j'en ai fait des caisses. J'ai complimenté les plinthes, j'ai passé la porte au peigne fin en disant que c'était un sacré boulot d'artisan, avant de faire face à la véranda ternie par la pluie, avant de penser qu'à trois cents mètres d'ici, une jeune fille prénommée Jessy feignait de sourire aussi.

THE FINAL COUNTDOWN

Ma mère est une défaite et Andrea mauvais perdant. Jamais j'aurais pensé qu'Andrea était de ce genre-là. Joueur à tout prix, boudeur sur les bords quand la partie tourne en sa défaveur. Mais je préfère un mauvais perdant qu'un joueur absent et pendant ces trois jours de flotte, Andrea a étonnamment répondu présent.

Andrea en avait fini avec ses plinthes astiquées, ses joints refaits, un reste de carrelage posé dans l'entrée du garage et en fin d'après-midi il est revenu vers moi, comme une ultime corvée, l'ultime ligne de sa liste à rayer. Loin de ses outils, mon oncle s'était aperçu de mon humeur de chien mais il n'a même pas cherché à me faire sortir le bout du nez et me faire enfiler son grand K-way. Seulement a-t-il proposé qu'on cuisine et j'ai pas faim, j'ai dit. Mais Andrea y tenait, il insistait, on prépare ce que tu veux, laisse-moi te montrer mes talents de pâtissier. Depuis longtemps, j'espérais qu'Andrea me montre son métier et au début de l'été, quand il partait travailler dans sa boulangerie, j'avais toujours l'espoir qu'il toque à ma porte et me propose une plongée au milieu des baguettes à cuire et des chocolatines. Andrea n'avait jamais fait d'approche, non pas parce qu'il ne pensait qu'à lui, mais parce qu'il était pudique, vigilant, timide, à la discrétion chevillée au corps, comme un de ces chats de maison qu'on n'aperçoit jamais, toujours planqué sous un lit, un meuble, une commode, qui ne dérange jamais et ne miaule pas plus, n'encombre jamais les genoux des invités, ne se frotte pas lascivement aux jambes de son maître pour mendier sa pitance. Andrea était une de ces créatures hirsutes qui jamais ne voulait imposer au monde sa présence mais il ne comprenait sans doute pas que dans l'histoire, c'était moi qui m'imposais, moi qui imposais ce langage entre nous et cette futile débrouille.

Alors après un long silence, j'ai dit d'accord à Andrea, j'ai surtout dit fais-moi ce que tu sais faire, je crois que je serais pas contre manger une bonne tartelette. Dans le frigo, Andrea faisait le point. Il avait des mirabelles, des prunes et des quetsches et niveau fruits, comme le reste des placards, j'avais droit aux pires. Mon oncle m'a proposé de cuisiner un feuilleté tressé à la compotée de mirabelles et j'ai grimacé rien qu'en entendant l'intitulé. T'aimes pas les mirabelles, qu'il m'a demandé et j'ai répondu avec franchise que non, personne n'aime les mirabelles. Même le nom me répugnait, j'avais l'impression que c'était le genre de truc qu'on distribuait en jour de fête dans les maisons de retraite. Andrea a ri, il m'a traité de fine bouche et peut-être que je l'étais, tout compte fait. Tu préfères un cake aux Carambar ? Tu crois que je ne t'ai pas vu planquer tes paquets dans la chambre tout à l'heure ? Et OK, j'ai abdiqué, un partout, balle au centre. Alors j'ai répondu que je n'étais pas contre concocter un truc avec les prunes. Les prunes, ça me rappelait M. Maurice, notre voisin, qui chaque été avec son arbre au-dessus de notre palissade inondait notre pelouse de prunes rondes et mûres et mon père quand il vivait encore là aimait les ramasser, il disait qu'il ne fallait surtout pas gâcher, ma mère en retour râlait, elle ne savait pas quoi en faire, y'en avait toujours des sacs entiers et des dizaines de mouches au-dessus qui attendaient de se forer une allée, si bien que mon père lui répondait une bonne petite confiture qu'en penses-tu, et débonnaire ma mère s'y mettait, aux fourneaux, l'épouse dévouée qu'elle avait jadis été, mon père savourait le résultat au moment du petit déjeuner avant de partir travailler, un bisou dans la nuque de ma mère. Mais tout ça à Andrea, j'ai préféré ne pas en parler.

Mon oncle m'a proposé un far breton et je ne connaissais que de nom. Il m'a dit que c'était facile, comme une grande pâte à crêpes et ni une ni deux, j'ai cassé les œufs, Andrea mélangeait la farine, je voyais bien qu'il avait le coup de main du professionnel, même son fouet avait un petit air supérieur à tous les autres fouets ordinaires. Andrea avait enfilé un large tablier brodé de ses initiales dans un fil argenté, j'ai trouvé ça stylé, tout comme ses manches relevées, ses sourcils froncés quand il dénoyautait consciencieusement les pruneaux pendant qu'en douce je goûtais par cuillerées à soupe la pâte sucrée. J'ai toujours aimé déguster la pâte à crêpes et Andrea m'a dit qu'il pouvait lui aussi se manger le bol avant même de sortir la poêle du placard, si bien que d'un geste, Andrea m'a pris l'ustensile des mains et s'est enfourné trois cuillerées.

Le gâteau brun reposait devant nous, il formait des vagues de croûtes et quelques pruneaux perçaient les bords avec leur corps violet et Andrea m'a proposé qu'on termine la journée avec des jeux de société. Évidemment, il n'avait pas grand-chose. Pas de bataille navale ni de Risk mais des vieux trucs poussiéreux qui traînaient au fond des placards que j'ai fouillés pour lui. Derrière des classeurs de compta et des parapluies pétés, j'ai trouvé une Bonne Paye, un Cluedo, un Attrap'Souris. C'était drôle, Andrea avait les mêmes jeux de société que ceux auxquels je m'adonnais dans les réminiscences de mes premières années et au fond, je me demandais si je n'avais pas joué à tous ces jeux quand mes grands-parents, mes parents et lui se réunissaient pour les fêtes de fin d'année. En examinant la boîte d'Attrap'Souris, j'avais un souvenir précis du plateau. L'installation méticuleuse des pièges mécaniques, les échelles en plastique, la baignoire rouge, les échafaudages, la petite bille censée être le bout de fromage que la souris cherche à atteindre à tout prix. Par nostalgie, j'ai déballé le contenu de la boîte et on a rejoué à Attrap'Souris, Andrea n'a pas trouvé ça très passionnant, moi, si. À nouveau, j'avais six ans et demi.

Depuis longtemps, j'étais convaincu de détester les jeux de société. Je n'aimais pas l'ambiance qui y régnait, la compétition, les mains moites et les regards des joueurs qui se jaugeaient, se plaignaient, testaient ou commentaient avec mauvaise foi les actions ou les connaissances de l'autre et bien sûr que chez moi, c'était mon père le plus calé, lui qui adorait jouer au Trivial Pursuit pour étaler sa culture historique et nous faire des remarques à ma mère et moi quand on ratait par malheur les questions bleues, les questions d'histoire-géo. Comment ça, tu connais pas l'année du Code civil, celle de Waterloo, mais enfin le plus grand fleuve en Italie, c'est facile c'est le Pô. Mon père prenait un air outré, un air d'instituteur, ma mère écoutait à moitié, tout occupée à trier ses vinyles sur le tapis, et moi je le laissais parler et pour le faire enrager, je lui répliquais, le Pô, non jamais entendu parler. Il m'arrivait de connaître les réponses, je les avais entendues en cours, mais par simple plaisir de voir mon père s'indigner, je jouais au cancre et attendais patiemment que la partie se termine pour voir mon père triompher comme un président débile.

Avec Andrea, le jeu était différent. Mon oncle aussi aimait gagner, je le voyais dans ses yeux qui s'animaient, dans ses mains qui lançaient les dés et grattaient ses tempes quand il s'agissait de suspecter le Colonel Moutarde ou Madame Leblanc, mais la partie était inoffensive. Mon oncle poussait des zut enfantins quand il manquait son coup ou se prenait deux mille francs d'amende à la Bonne Paye. Agenouillé près de sa porte-trophée, Andrea râlait, il pestait dans son coin en se contenant, c'est pas vrai, je suis maudit, j'ai vraiment pas de chance, pendant que j'entassais les gros billets et achetais coup sur coup le Picasso Sans Doute Faux et le Château en Espagne. Je gagnais la partie et puis une autre et chaque fois je ne pouvais pas m'empêcher de fanfaronner, au fond j'étais comme mon père, je ne pouvais pas me défaire de cet ADN et d'un air bête et méchant, je débitais, je t'ai quand même mis la pâtée. Andrea me disait vouloir prendre sa revanche, il était bien meilleur au Monopoly, j'allais voir ce que j'allais voir et à mesure qu'on sortait les vieux plateaux des oubliettes, la pluie s'estompait, le soleil revenait timidement sécher les gouttes sur les vitres brumeuses de la véranda, demain serait une belle journée, je pourrais retrouver William et les plages et je lui apporterais une part de far breton, c'est vrai qu'avec les pruneaux, Andrea avait raison, c'est plutôt très bon.

GOD ONLY KNOWS

Ma mère m'aimait à la folie et William venait de me le dire aussi. Il me l'a dit ce matin-là alors qu'on avait planifié de regarder le soleil se lever. Pour l'occasion, j'étais parti de la maison en catimini et j'avais fait comme dans les films, des piles de fringues sous les draps pour dessiner mon grand corps qui dormait. Mais chez Andrea, la porte fait toujours trop de bruit alors en m'échappant, j'ai préféré ne pas prendre de risque. Je suis passé par la véranda. Dans la lumière d'un lampadaire, j'ai aperçu Caroline déjà debout, ses petites dents grignotaient des trèfles à trois feuilles, et je l'ai saluée sans m'arrêter. J'ai fait le tour par-derrière et suis allé faire coulisser la porte du garage. J'ai pris mon vélo et deux paquets de Paille d'Or à la framboise qu'adorait William. Le camion d'Andrea était garé sur le parking du tabac au bout de la rue, je savais qu'il ne viendrait pas fouiner dans le garage à cette heure-là. J'ai retrouvé William sur la plage dix-sept minutes plus tard. J'étais essoufflé, ma sueur s'insinuait sous les genoux mais sans hésiter, William m'a encerclé de ses bras. On était seuls sur la beige et on s'est embrassés jusqu'à vider notre apnée.

C'était une matinée comme une nuit. La même odeur, la même énergie, le sable frais, les pierres endormies, l'océan patient qui attendait comme chaque matin les premiers petits vieux déposer leurs serviettes. Au crépuscule, la plage était notre île déserte. Il était 6 h 03 et pour une heure, le monde nous était offert. Au loin seul le bruit d'un camion de livraison passant d'une rue à l'autre venait jusqu'à nous. Assis contre moi, William a voulu inventer l'histoire de ce que ce camion transportait. Mais le noir de plus en plus clair de la matinée ne donnait envie que d'une chose : ne plus jouer, seulement l'embrasser. William l'a senti, il a arrêté net ses broutilles. On s'est rapprochés sur le sable mouillé, nos jambes entremêlées en pattes d'araignée. William a passé sa main sous mon tee-shirt. Elle était froide et, sur ma peau, elle s'est réchauffée et j'ai senti son ardeur monter jusque dans mon crâne, entre mes deux tempes jusqu'au sommet. Pendant ce temps, William regardait l'océan. Sa main sur moi descendait, montait. Elle a commencé par dégrafer la fermeture éclair de mon short. À mon tour, je regardais l'horizon faute de pouvoir bouger. William m'a pris la tête dans ses mains et ses lèvres sur mon corps m'ont tout fait oublier. J'ai disparu quelque part, je ne saurai jamais localiser. J'étais un corps effacé, évaporé, kidnappé, et seules les deux mains de Williams sur mes cuisses, mes bras, mes fesses me ravivaient. Je rouvrais les yeux, l'océan et l'horizon n'avaient pas bougé.

William m'a allongé sur le sable, mes mains se sont accrochées fermement à son dos comme terrifiées, elles l'étaient. William s'est couché sur moi. Ses habits descendus aux chevilles, je sentais sa peau entièrement recouvrir la mienne, comme une couverture sur mesure. Le ciel avait remplacé la mer devant mes yeux. C'était la même couleur, pâle et sombre, un noir de plus en plus rouge, de moins en moins noir et j'ai continué de regarder le ciel comme les yeux de William.

À ce moment précis, on était deux âmes échouées. Seul Dieu savait. Seul le ciel nous contemplait. Il changeait de couleur toutes les minutes comme un langage crypté. Le bleu et le noir disparaissaient à mesure que des teintes mauves s'invitaient. Sous les couleurs, les cheveux de William dégringolaient sur mon front et j'ai senti l'urgence de la situation, William me regardait, c'était imminent, il me fallait tous les points de contact, tous les mousquetons. Le souffle coupé, William a plongé sa tête dans ma nuque en râlant. Ses mains se crispaient de plus en plus, mon souffle s'accélérait et tout à coup, le ciel est devenu un fruit orangé.

Nos épaules se sont relevées du sable. Son buste près de ses genoux, William a ri en voyant mes cheveux pleins de sable. Il savait à quel point je détestais ça. Mais il riait pour autre chose, je le sais. J'ai accepté toutefois de mettre ça sur le compte de mes cheveux en pagaille. Nu, je me suis recoiffé d'une main, l'autre replaçait mon caleçon maladroitement, et William est resté dans le plus simple appareil, face à la tapisserie du matin.

Il m'a attrapé le menton entre son pouce et son annulaire, et m'a dit, qu'est-ce que je t'aime toi.

J'ai détourné le regard comme à la résonance d'une alarme. Je n'avais pas bien compris sauf que si. J'avais compris chaque syllabe. J'ai fermé les yeux une seconde qui m'en a paru mille. Puis j'ai dit merci comme un abruti. William a rigolé une nouvelle fois, sa canine au milieu de la bouche brillait et il a répondu pas de quoi. William s'est rhabillé en me frottant le dos pour me débarrasser de tout grain de sable. Son geste était plus touchant que les autres. Il était plein d'élan et moi j'étais incapable de lui répondre quoi que ce soit. Mais j'ai refusé d'y penser, car ce matin avait été une valse et William avait décidé chaque pas.

Au loin sur la digue, deux femmes joggaient. On s'est retournés, elles portaient des leggings jaune fluo et des petits bandeaux à froufrou aux poignets. On les a regardées passer mais nos yeux regardaient à peine. Ils étaient encore en train de mémoriser à jamais l'océan, la scène rouge et noire, les mousquetons vissés à notre intensité. William m'a tendu la main pour me relever. Il s'est frotté les fesses, m'a dirigé vers l'horizon devenu violet pour aller se baigner. Dans deux minutes, le soleil allait se lever.

TAKE ON ME

Ma mère est malade et il faudrait lui téléphoner. Prendre des nouvelles, quelque part la retrouver. Mais rien que d'imaginer sa voix me donne des sueurs froides, cette voix des derniers soirs par laquelle tout est arrivé dans son lit bordé.

Depuis qu'Andrea m'en a reparlé alors qu'il préparait des saltimboccas pour le déjeuner, je ne peux plus rien faire d'autre qu'y penser. Avec ma mère en tête, je n'arrive plus à manger. Encore moins à me réjouir de ces moments avec William face au ciel violet. Depuis trente-deux jours chez Andrea, j'ai oublié ma vie avec elle. Depuis trente-deux jours, je ne suis plus espion. Plus besoin de guetter ma mère, de la traquer, de compter les preuves des méfaits comme le nombre de verres avalés ou de bouteilles cachées dans la panière du linge sale ou sous l'évier, derrière les détergents et les produits ménagers. Depuis trente-deux jours chez Andrea, je ne suis plus inspecteur. Je n'examine plus les scènes de crime de ma mère qui tombe raide sur la table de la cuisine, sa tête parmi les papiers administratifs et les assiettes salies, en vérifiant son pouls ou la régularité de sa respiration. Depuis trente-deux jours, je ne suis plus assistant, infirmier, aide-ménager. Je ne prodigue plus de soins, ne nettoie plus l'ivresse, n'aide personne à se relever, monter les escaliers et puis se coucher. Depuis trente-deux jours, je me couche et seul mon sommeil compte désormais.

Depuis trente-deux jours chez Andrea, je ne rôde plus en détective dans l'ombre de ma mère. Je ne suis plus derrière elle, à pister ses traces, à jauger ses paroles déformées ou ses expressions, à examiner la lenteur ou la rapidité de ses gestes, à juger de sa fébrilité, de sa lucidité, à me dire ou non, que ça y est, dans mon dos, elle vient de recommencer.

Depuis trente-deux jours ici, je ne suis plus le flic qui sans qu'elle le voie continue de l'examiner depuis ma camionnette secrète qu'est le canapé face à la télé. Je ne regarde plus l'écran en scrutant son reflet lancinant qui discrètement, sans bruit, d'un pas de loup, ouvre la porte du frigo et se sert un verre de blanc en pleine journée. Depuis trente-deux jours, je ne me retourne plus brutalement pour stopper ma mère dans son élan. Dorénavant, je regarde chaque programme de A à Z, même les plus nuls, les plus inintéressants, pour me dire que je peux le faire, sans me soucier d'autre chose que de celui ou celle qui va remporter *Des chiffres et des lettres*.

Depuis trente-deux jours chez Andrea, je peux être n'importe qui. Je peux être accro aux jeux télévisés, devenir paresseux, bordélique, insomniaque ou énergique. Je peux ronchonner, hurler, pester, chanter, claquer les portes, taper des mots interdits sur l'ordi ou simplement traîner du pied. Je peux avoir le champ des possibles, niveau personnalité. Je peux broyer du noir, médire du Tour de France toute la journée ou bien lire la collection de BD d'Andrea qui prend la poussière dans la chambre grise. Je peux vouloir cuisiner, parler à Caroline, partir à vélo avec William, et puis l'aimer. Parce que depuis trente-deux jours chez Andrea, je ne suis plus otage, prisonnier, assigné à résidence, à refuser systématiquement les fêtes du lycée et les soirées privées, les sorties en ville pour seul motif secret que ma mère ne peut rester seule à la maison.

Maintenant, je peux respirer, aller dehors et vider mes poumons, grimper sur mon Poulidor, ne plus m'en soucier, simplement pédaler, rencontrer, vibrer et me demander ce que signifie aimer. Je roule, je divague et mon corps bat, même si je suis incapable de le dire à William. Mes tourments dans ma besace, je me contente de fureter dans les recoins de chaque boulevard, sentir le vent obstruer mes oreilles et remplir mes joues comme un soda, farfouiller dans la ville tel un pou sur un crâne, ne plus jamais m'inquiéter pour l'heure qui passe en marquant irréversiblement le temps de sa dégringolade et simplement peaufiner ma réponse. Est-ce que j'aime William tout compte fait ? Comment savoir ?

Sur mon vélo comme dans mon lit, je n'ai plus rien à faire sinon penser à lui. Dans ces cas-là, je me dis qu'aimer, c'est se faire ligoter, capturer, enterrer vivant et dans la terre se nettoyer de soi et à nu, penser à l'autre comme une consolation. Parfois quand je retrouve William dans les remparts, je pense tout l'inverse. Aimer au fond, me dis-je, c'est aussi simple qu'un bonjour. C'est avoir des yeux, des mains, une bouche et des oreilles. Tout le monde peut le faire.

Dans mes tergiversations amoureuses, il est peut-être midi, 16 heures, bientôt le soir et peu importe. Dans mes errances, je suis libéré, je peux veiller, ne plus rentrer tôt face au désastre, face à ma mère triste, si triste qu'elle en devient noire et m'humilie la nuit par des mots qui résonnent à jamais sous mes oreillers. Depuis trente-deux jours chez Andrea, je n'ai plus à me sentir terrifié, sur le qui-vive, constamment inquiet. Finis les missions de surveillance, les rôles d'inspecteur, détective, prisonnier, infirmier. J'aime désormais et comment en parler, comment vivre avec cette vérité ?

Car depuis trente-deux jours, je crois que j'ai oublié mon identité.

SAIL AWAY SWEET SISTER

Ma mère dort à cette heure et William m'a donné rendez-vous sur le port. Il m'attendait face aux bateaux rangés à quai, assis à l'entrée là où il est écrit « Port de plaisance » sur une pancarte dressée pour tous ceux qui peut-être s'imaginaient se promener en forêt.

Tout compte fait, plus je le regardais ce port, plus je visualisais une forêt. Un bois peuplé d'arbres horizontaux, puissants et silencieux, aux voiles blanches comme un feuillage étalé dans l'immensité. Il y avait toutes sortes d'arbres dans cette contrée, des barques vides et abandonnées, des petites vedettes de grand-père qui, le dimanche, pêchaient le crabe, des caravelles, des voiliers vieux et fatigués dont les cordages abîmés faisaient penser à des tignasses négligées, d'autres neufs et si blancs qu'ils brillaient sur les flots, des Zodiac aussi, des tape-culs comme dirait mon père, quelques bricks et un gréement en bois verni qui prenait la pose et ne sortait jamais, un baliseur çà et là et quelques barges, des bateaux de pêche à fond plat, un bateau rouge de sauvetage à l'entrée et au loin la musique d'un ferry qui transportait des centaines de familles jusqu'à Portsmouth.

Parmi les énergumènes marins, William mangeait une glace. Il avait fait ami-ami avec la petite dame de chez Sanchez qui les vendait à l'entrée des remparts et il allait la voir tous les jours, plus par sympathie que par appétit. Dans la boutique, il prenait toujours des saveurs bizarres, lavande, sésame, noix de pécan, quand tout ce qui me tentait, moi, c'était de choisir barbe à papa, rhubarbe et fraise tagada. Ce soir, William dégustait sa glace. Il ne me demandait pas si je voulais goûter. Il léchait, gobait, nettoyait assidûment le cornet de plus en plus mouillé, le regard rivé aux vieux canots abandonnés. À côté, je ne savais quoi dire. William était enfermé dans son silence et peut-être qu'il m'en voulait de ne pas avoir répondu à sa déclaration ensablée.

Andrea dînait ce soir avec Jeanne et Luc et je pouvais tarder. Mais William avait comme égaré ses yeux joyeux, ses gestes doux, son légendaire bavardage, paumés parmi les bateaux amarrés les uns contre les autres comme des jouets ordonnés. Quand par un trait d'esprit, j'ai demandé où on va, William l'a mal pris. D'un regard sombre, il a répliqué que moi aussi, je pouvais *take the lead*. J'étais d'accord avec lui. Alors sans mot dire, j'ai posé ma main sur sa cuisse. Je l'ai embrassé dans le cou. William ne m'a pas repoussé mais son corps n'a pas réagi, anesthésié par le froid de sa glace au sésame.

William est parti jeter la petite serviette en papier dans la poubelle près du parking. Je l'ai suivi sans rien dire. Le groupe des teufeurs buvait des bières près du poste de surveillance déserté. Ils nous ont vus, ont cherché à nous saluer, et les mecs, vous avez pas une petite pièce par hasard, juste un brin de monnaie ? William leur a tourné le dos et Jo, le grand blond au pantacourt kaki qui tenait son jeune berger allemand par une vieille laisse en corde tressée, lui a dit bah alors l'Anglais on dit plus bonjour maintenant, *fuck you* les rosbifs et Jessy s'est mise à rigoler d'un air de harpie. William n'a même pas haussé la tête. Il s'en est allé du côté du bac qui faisait les allers-retours entre les Sablons et Dinard et je me suis demandé comment ce groupe pouvait bien connaître la nationalité de William, peut-être que son père leur avait déjà laissé un billet.

Sur le port, William marchait vite, il était agité. Face au mouillage des bateaux qui tanguaient le long de la côte, j'ai proposé qu'on se rende chez la dame de chez Sanchez pour se refaire un cornet. William était capable de s'en aligner deux ou trois d'affilée, mais il a refusé, c'est fermé et j'ai plus faim, mon père nous a fait bouffer un plateau de fruits de mer qui prenait toute la table. J'ai dit bon, faute d'autre chose. Comme s'il suivait un parcours programmé, William s'est dirigé au sud du chenal, en face de l'écluse du Naye et il n'y avait rien à voir là-bas, juste des parkings, des rambardes et des parois rouillées par les coques qui tapaient dedans quand les bateaux quittaient l'estuaire. William traçait sa route et je le suivais comme un petit animal, sans rien dire, mes gestes pour moi, et puis il s'est retourné violemment et m'a dit t'es pas obligé de rester avec moi, tu peux aller faire ta vie autre part. J'ai pris sa phrase pour ce qu'elle était, une invitation à déguerpir. Alors je ne suis pas resté. J'ai lancé un regard une dernière fois à William qui ne l'a pas attrapé, continuant son chemin sans s'en soucier, et mon regard s'est encastré dans la portière d'une vieille Clio garée sur le parking comme une énième barge désertée.

EVERY LITTLE THING SHE DOES IS MAGIC

Ma mère dort à cette heure-ci et moi je fais de la magie. J'invente des théories, de la pensée magique, des superstitions comme des munitions.

Je n'ai plus de nouvelles de William depuis ma désertion sur le port. Silence radio. Calme plat, au point que mes superstitions comblent mes journées et si je manquais de les exécuter, je le perdrais à jamais. Je suis retourné sur la plage le lendemain de notre dispute. J'ai cherché William parmi nos endroits secrets, dans les parcs aux fleurs bleues, sur les remparts, au creux des criques qu'on aimait explorer pour s'embrasser contre les rochers, et plus je cherchais William, plus je me disais que j'avais besoin de lui et de personne d'autre pour endurer l'été. Je suis rentré à la maison alors que le soir tombait comme une drôle de chape. Je n'avais pas prévenu Andrea qui m'attendait pour dîner et qui m'avait laissé sur la table une assiette de polpettes recouverte d'un torchon. En me voyant, mon oncle ne m'a fait aucune réflexion, il m'a regardé débouler dans son salon, mon air préoccupé suffisait à m'acquitter.

Andrea a attendu que le film en prime time fasse défiler son générique pour me demander si j'allais bien, si quelque chose se tramait, et j'ai répondu non, rien à l'horizon. Andrea savait que je mentais, il m'a dit et le film donc t'as aimé, originale l'histoire t'as pas trouvé? Et bien sûr j'étais incapable de lui parler de quoi que ce soit qui ait imprimé mes rétines sur les deux heures et six minutes passées.

Avec William, mes pensées magiques sont arrivées. Si mon vélo passait pile au feu vert, William viendrait me retrouver. Si j'arrivais à boire d'un trait mon verre de Cola Breizh, William réapparaîtrait. Si je ne marchais que sur les lignes blanches des passages piétons, si j'épluchais en douze la pomme blette de la panière pour nourrir Caroline, si je réussissais comme Andrea trois parties consécutives de Solitaire, si je voyais un goéland dans le ciel, si je pédalais aussi vite que la petite fourgonnette de Roger, si Caroline mangeait tous les quartiers de pomme déposés, alors William reviendrait et on continuerait l'été.

Toute la journée, j'ai remporté tous les défis, les challenges, j'ai pédalé, gavé le reptile, gagné les parties virtuelles mais William restait aux abonnés absents. J'ai fureté dans la ville comme dans un tiroir. Les lieux les plus improbables, les entrées de musée, les terrasses, les vieux bars de soiffards, les parkings à ciel ouvert, les ruelles odorantes saturées de tags où se soulagent les soiffards. William n'était nulle part mais je continuais à pister, mes superstitions m'y poussaient. À un moment, j'ai cru le voir, sa silhouette de lémurien qui marchait entourée d'allures qui s'évaporaient, des jambes qui marchaient à l'horizon, des shorts à grosses poches et des nuques qui s'en allaient de mon champ de vision et même si je ne distinguais rien, j'étais convaincu qu'il ne s'agissait sûrement pas de son père et des siens. Dans les ruelles qui montaient vers la cité, j'ai cherché à traquer les nuques en accélérant le pas. Qu'aurais-je dit en me retrouvant face à William et son père ? Probablement rien.

Les allures ont disparu et je n'ai pas retrouvé trace de William mais ça m'a fait réfléchir à mes pensées magiques. Celles que j'employais à grand effet quand je refusais que ma mère parte dans l'un de ses voyages dont elle avait le secret. Si je me réveillais à heure fixe, si je faisais le ménage à sa place, si je choisissais le poisson à la place des carbonara à la cafétéria, alors ma mère finirait saine et sauve. J'y croyais. C'était ma religion comme ma science. Et plus les jours passaient, plus mes superstitions s'imposaient, me dominaient, me grignotaient chaque temps libre et chaque espace de mon esprit. Si je ne me douchais pas avant 22 heures du soir, si je n'écoutais pas le morceau numéro 3 de *The Dark Side of the Moon* de Pink Floyd, si j'étais trop distrait en classe de SVT, si je laissais lâchement les anchois devant les dames à charlotte, si je ne faisais pas moins de deux tours dans la porte-tambour du supermarché, alors l'état de ma mère empirerait. Et j'avais beau savoir que ces si étaient des leurres, une façon lâche de ne pas faire face à la réalité, je les réalisais avec docilité, comme des amis imaginaires dans ma tête torturée. Maintenant qu'ils refaisaient surface, je comprenais une chose. Pendant toutes ces semaines, William avait été le pansement sur ma plaie. À présent que le pansement se retirait, il me restait une cicatrice et tout mon passé sur lequel me pencher.

PICTURE THIS

Ma mère est un appel manqué et William s'est excusé. J'ai retrouvé mon Anglais une semaine plus tard et au point de rendez-vous, il m'attendait et quand je me suis approché, les tempes battantes, William me regardait comme si la scène du port n'avait jamais existé, ses yeux étincelaient, ses mains rapides m'attrapaient par la taille et sa voix m'a lancé, ça te dit d'aller à la plage ?

William voulait toujours aller à la plage. C'était son endroit, son confessionnal, car malgré les touristes qui posaient leurs serviettes accolées aux nôtres, ce qui faisait toujours rager William, à deux doigts de leur persifler d'aller voir ailleurs, la plage c'est comme la rue, il y a assez de trottoirs, il aimait rester là, avoir le sable comme point d'ancrage. William aimait dire qu'il était le pire des Anglais, parce qu'il adorait se dorer la pilule au soleil, même quand le thermomètre dépassait les trente degrés (il ne les dépassait jamais mais les Malouins aiment grossir le trait). Contrairement à ses compatriotes, William ne prenait aucun coup de soleil, sa peau était un cuir épais et mystérieux venu d'un pays qu'on ne localiserait jamais, peut-être une autre planète qui sait, du reste un cuir rond et féroce qui échappait à tout règlement ultraviolet.

William ne tenait pas à revenir sur la scène du port. Il semblait être passé à autre chose, mais à mesure que le jour déclinait et que les premiers touristes rentraient, William me posait des questions indiscrètes. Il me demandait si quelqu'un m'attendait à la rentrée ou si j'avais déjà couché, avant. Il était curieux d'apprendre par qui j'étais attiré et bêtement, je lui répondais toi, ça suffit largement. William n'était pas intrusif. Il garantissait que ça ne changeait rien et lui de m'avouer qu'il l'avait fait beaucoup trop tôt et l'avait regretté. Il me disait qu'il couchait avec des garçons et des filles. Il ne faisait pas de différence, ça changeait quoi disait-il. Il tombait amoureux d'une âme, d'un corps, peu importait son origine.

Quand il en avait assez de discuter, William retournait à la mer. Dans l'eau, William était un animal, une créature des grands fonds. Ses cheveux devenaient algues, ses paumes rondes et blanches quand il nageait au crawl se transformaient en des ventres de poissons qui s'extirpaient de l'océan et son grand dos d'ancien sprinteur, allongé comme une toile dépliée, ressemblait à celui d'un dauphin même si William les détestait. Il disait que les dauphins étaient sournois et leur évent, le trou qui leur servait à respirer, le répugnait.

Entouré d'eau, William se muait en un triton capable de rester en apnée pendant de longues secondes. Souvent, je le chronométrais parce qu'il insistait. À haute voix j'égrenais chaque seconde et William était fier de sortir la tête de l'eau après deux minutes. Quand il ne dépassait pas son record, il me tannait pour réessayer. Sous l'eau, je restais à peine trente secondes, le nez pincé entre mes deux doigts comme ces enfants qui ont peur de boire la tasse, et ensuite William m'embrassait sur le front pour me féliciter.

William ne se pinçait pas le nez quand il plongeait, il bloquait sa respiration. Au fond de l'eau, ses yeux restaient grands ouverts, spectateurs de la mer. Parmi les vagues, il m'expliquait que pour améliorer son apnée, il fallait se détendre, s'étirer, particulièrement la cage thoracique et les muscles intercostaux, regarde comme ça, William me montrait avec son air facétieux et ses cils pleins de sel. En bombant le torse, il me disait que ça augmentait le volume d'air et William continuait à plonger deux ou trois fois à quelques mètres de vieilles dames qui jouaient aux raquettes de plage.

Avant l'arrivée de William, je subissais l'été. Je refusais la plage, au grand dam d'Andrea qui lorsque je me réfugiais dans ma chambre, déclinant ses propositions, me traitait de petit con dans le couloir et ce n'était pas méchant – j'étais bel et bien le petit con qui râlait contre le soleil qui tapait, mais ces petits cons du couloir, ça me faisait penser à mon père puis à ma mère qui me traitaient d'autres noms plus aiguisés à la nuit tombée.

Avec le spectacle de William sur les plages, je me suis acclimaté. Je me baignais tous les jours, j'allais doucement à l'eau, j'attendais que le niveau monte et atteigne mon ventre et alors je lâchais un son de torpeur comme de soulagement. L'océan à ma taille, j'aimais passer mes mains sur la surface, comme si je le caressais doucement. Je m'efforçais de plaquer ma main sur l'eau sans qu'elle vibre ne serait-ce que d'une onde. C'était ma manière de l'apprivoiser, de voir l'océan comme une steppe ensommeillée. Avec mon Anglais devant moi qui voulait réveiller la mer, la secouer à coups de plongeons et d'éclaboussures, j'accueillais tout désormais. Le sable intrusif, les rochers coupants, le soleil cinglant. Maintenant je me sentais au bon endroit, occupant la place que le monde m'avait réservée dans le plus grand des secrets.

Quand je le regardais en action dans ses plongeons et ses courses contre la montre vers la bouée, j'avais l'impression que William allait à la mer pour se soigner, panser une plaie ou réparer un mal que lui seul connaissait. Dans l'eau, il était à ce point lui-même, libre, avec l'immensité de l'océan comme confident, et le voir comme ça me faisait croire qu'il me cachait des pans entiers de sa vie.

À la plage pourtant, William était lui-même, il était intime. Le paysage lui donnait toujours envie qu'on se raconte nos vies comme nos pires faits d'armes, ses années d'athlétisme de haut niveau, sa scolarité en dents de scie, ses deux meilleurs amis Leon et Lorelai, deux vrais *poshes* tu verrais ça, tout comme ses accidents de skate et son bras fracturé à trois reprises. La plupart du temps, William ne cherchait pas à me tirer les vers du nez et je me contentais de ce qui me paraissait décent à dévoiler. Mon quotidien au bahut, ma correspondance avec

Pablo, mon *penfriend* espagnol depuis trois années, mes classes de tennis, ma passion pour les séries télé et j'oubliais ma mère, mon père, nos séismes attitrés. Après la soirée au port, j'ai toutefois fait un effort. Je lui ai raconté mon amie Cécile, nos soirées entourés de parents interposés, ma mère qui parfois abusait de l'alcool et me disait des choses qui dépassaient ses pensées. William riait, comme les Anglais, disait-il. Ne jamais croire un British à la sortie d'un pub, m'affirmait William d'un ton léger sans comprendre véritablement de quoi je parlais.

Tandis qu'on discutait sans voir le temps passer, les touristes désertaient progressivement le sable et William et moi nous retrouvions seuls sur le rivage. Il commençait à faire froid. Plus loin sur la digue, les gens en bras de chemise avaient troqué leurs maillots multicolores et leurs paréos effilés pour des habits de soirée, des chaussures de ville, des petites vestes bien coupées ; c'était l'heure d'aller dîner dans un endroit huppé, comme si la plage ne méritait que leurs fringues bon marché. William n'était jamais pressé de retrouver sa famille. Il disait que sa mère aimait se reposer à l'hôtel. Alors mon Anglais restait étendu sur le sable et je voyais la chair de poule s'incruster sur ses longues cuisses travaillées. Quand le soleil se couchait, William se taisait. Il n'y avait plus de concours d'apnée, plus de médisances sur ces touristes bruyants qui s'enfilaient des palmiers à longueur de journée. Un soir, William a attrapé sa petite banane noire, devenue grise par les éléments, et sorti son bracelet en cuir violet qu'il retirait de son poignet à chaque baignade. De l'autre main, il m'a tendu un petit objet jaune et noir. Un petit jetable de vingt-deux prises.

– Tu m'as dit que tu adorais la photographie mais je ne t'ai jamais vu à l'œuvre.

J'ai souri bêtement, j'avais oublié ce mensonge qui m'était venu par hasard pour combler nos premiers silences.

– C'est gentil, merci, mais tu as acheté ça où ?

– Juste dans la petite boutique pour touristes derrière mon hôtel.

Je ne savais pas quoi dire de plus à part merci. William n'en voulait pas davantage. Avec le jetable, il me demandait pardon pour l'autre soir et son regard impatient me disait de commencer les photos au plus vite, sans attendre, de profiter maintenant, de vider le contenu, de faire toutes les prises sans retenue.

– Parce que je dois te dire. Il ne reste plus que deux semaines avant mon départ.

DIS, QUAND REVIENDRAS-TU ?

Ma mère avant n'était pas malade, elle était ma mère. Et je dois me remémorer cette époque où ma mère n'était que ma mère, une femme qui m'emmenait tous les samedis emprunter des albums et des livres à la médiathèque et qui restait près de moi dans les rayons, patiente, jusqu'à ce que je choisisse le bouquin de la semaine. Ma mère avant la maladie était une cuisinière, une cheffe qui après la médiathèque préparait toujours des galettes de sarrasin pour me faire goûter son enfance bretonne dans une grande assiette et qui tous les autres jours de la semaine préparait des virées, des voyages, des tours du monde, des chorbas du Maroc, des *meat pies* anglais, des burgers, des paellas, des couscous ou des bourguignons, du houmous libanais, des vraies carbonara sans lardons français, des tomates farcies et de grands desserts sucrés. Ma mère ne ratait aucun plat mais elle restait modeste, à moi et à mon père, elle demandait si ça nous plaisait, elle précisait qu'elle était déçue, le poulpe était caoutchouteux, le melon de sa salade pas assez sucré, la cuisson de sa tarte en manquait et mon père et moi rétorquions que c'était parfait, parce que ça l'était.

Ma mère pour moi avait tous les métiers, elle était l'enseignante qui vérifiait mes dictées, l'animatrice de colo qui divertissait mes étés sur les îles de mon père ou dans les Landes après son départ, à Grasse, au Portugal ou chez grand-mère Annie qui avait vécu à Majorque avec un Espagnol colérique pendant quatre années et là-bas ma mère était guide touristique, chauffeuse de bus, aventurière, infirmière, elle qui me soignait délicatement les genoux après mes accidents de vélo, qui soufflait doucement sur ma peau abîmée, me distrayait quelques secondes pour asperger du désinfectant sur les plaies, qui veillait toujours sur moi depuis mon lit enfiévré, sur le canapé de Pat alors que j'étais en proie à une grippe carabinée, chez Annie en pleine intoxication alimentaire ou aux urgences si souvent, pour l'appendicite et ses nombreuses alertes, après ma chute de cheval et mon coude cassé, ou pour une ponction lombaire cauchemardesque après une nuit passée à cracher une bile couleur nuit. Ma mère était là, toujours, mon médecin, mon remède, elle avait écumé tous les dermatologues, tous les spécialistes, tous les magnétiseurs et autres marabouts de la ville pour me guérir de mon eczéma et finalement à sept ans, j'ai guéri, les plaques grâce à ma mère sont parties.

Ma mère dans mon enfance n'était rien qu'une mère dont je dois me souvenir, que je ne dois pas remplacer dans les images manichéennes du passé, une mère qui a fait comme elle a pu, qui s'est levée pour moi tant de nuits, qui m'a aimé et nourri, une mère qui a pris du plomb dans l'aile ensuite, une mère imparfaite comme toutes les mères de l'univers, une mère avec laquelle je dois grandir, vivre et être en paix, car cette mère-là était l'univers entier, elle avait tous les rôles, le moindre habit de la penderie, chaque costume de vie. Ma mère était humoriste, elle nous faisait rire mon père et moi, comme personne ne nous amusait, elle était douée en tout, elle chantait juste, dessinait, se maquillait comme une personnalité, attirait les compliments comme des aimants, mon père était fou d'elle avant, lui qui avait vécu en face d'elle en bon voisin timoré toute son enfance, l'avait aimée pendant vingt ans en secret avant qu'elle ne se décide enfin à le regarder.

Ma mère nageait toutes les semaines, elle était en forme, elle faisait du yoga le lundi et de la danse africaine le jeudi quand elle sortait de son cabinet juridique, ma mère avait acheté un djembé dont on se moquait souvent, mon père et moi, car l'instrument trônait dans le salon parmi les cadres en bois et les meubles chinés. Ma mère chinait, c'est vrai, elle adorait visiter les antiquaires, fréquenter les brocantes même si ça me faisait râler, elle aimait l'ambiance des dimanches, des marchés, de la messe en bande organisée et surtout du grand repas qui s'ensuivait et de la séance cinéma de 16 heures qu'on honorait chaque semaine au Méga CGR et là-bas, ma mère m'achetait des Schtroumpfs, mon père se chargeait du pop-corn et si on avait le temps on faisait une partie de hockey sur table dans le grand hall animé devant les stands de confiseries, après quoi on se réfugiait dans la salle sombre pour retrouver Robbie

Williams ou Julia Roberts sur le grand écran blanc et aux premières notes de musique, mon père nous tendait le seau de pop-corn caramélisé, comme toutes les familles endimanchées qui s'aimaient.

En parlant de caramel, ma mère faisait les meilleures crèmes, les tartes tatin, les mystères, les meringues et les mousses. Elle préparait elle-même confitures de figues et de prunes, ça venait du jardin affirmait-elle fièrement aux invités qui repartaient avec un joli pot en verre, elle tenait son potager aussi, son jardin, son terrain comme une fermière innée et puis tout à trac, ma mère quittait le tablier et dansait le soir façon Joséphine Baker et parfois Catherine Ringer.

La nuit tombée, ma mère était performeuse, elle chantait à tue-tête et sans se tromper les paroles de Noir Désir et de Dire Straits, elle remuait les bras et le bassin, une cigarette à la bouche, et elle et sa fumée ensorcelaient la pièce, elle était magicienne et puis masseuse, ou bien kinésithérapeute, elle prenait tous les soirs ma tête sur ses cuisses pour me soulager, m'apaiser, me faire oublier les journées passées avec Romain qui ne cessaient d'empirer. Ma mère si belle ne savait rien de ses attouchements discrets dans la cour mais elle avait tous les instincts. Elle épongeait ma nervosité, pressentait mes spasmes et mes angoisses existentielles comme une cartomancienne et le soir sur le grand tapis d'Orient, avec ses doigts de fée, elle me caressait la nuque, les tempes, le sommet du crâne jusqu'à l'irruption du sommeil, et je m'endormais en me disant qu'elle en était bien une, de fée.

Une fée, elle l'était avant le reste, avant la nuit qui a fini par s'étaler et peu importe cette longue nuit qui a duré, duré, duré, car auparavant nous avions vécu ensemble toutes ces journées ensoleillées et je dois désormais ne plus jamais les oublier.

LOVE IS A BATTLEFIELD

Ma mère est un souvenir et je respire la joie de vivre. Pour ces dernières semaines avec William, j'ai décidé de ne pas sombrer. De compter les jours qui me restent comme les dernières vaguelettes avant le dîner. Pour nous occuper, William a eu l'idée de tester chaque plage des environs comme des plats sur un menu étoilé. On a commencé par les plus fréquentées. La plage du Sillon pour les promenades du soir, l'Écluse près du port pour observer les rafiots entrants, celle du Bon-Secours et ses longues digues en pierre, idéale pour les baisers volés et les chuchotements. Celle de l'Éventail aussi, située au creux des remparts et que les vagues venaient constamment lécher comme des ogres avant de cracher leur mousse blanche sur le sol. Ce spectacle fascinait William, il avait l'impression d'être au cœur d'une tempête, sur un navire chahuté par un destin dantesque. Plus les vagues projetaient leur écume, plus William se rapprochait du bord, tenté par le danger de se faire attraper par la grande bouche vorace de la mer, et au dernier moment avant que la vague ne se soulève contre la falaise, il se retirait tel un félin rusé.

Sur la Hoguette, l'ambiance était plus paisible et sans touristes. Avec William, elle était notre récompense lorsqu'on se sentait étouffés par la cité et par le bruit incessant des gens qui parlaient fort en s'empiffrant de crustacés. À la Hoguette, on faisait nos siestes et nos jeux de cartes, William m'expliquait des jeux anglais. Le rami, le cribbage, le whist et le piquet, le canasta aussi et à part les noms, je ne retenais rien, les règles étaient incompréhensibles, William avec son débit élancé était la personne la moins pédagogue du monde. Aux alentours, la plage que j'aimais le moins était à Rochebonne, trop bondée, trop familiale, j'avais l'impression de me retrouver au cœur d'un supermarché mais William avait juré de faire toutes les plages alors pour relever le défi, on s'y est doré la pilule, coincés entre un clan italien et ses six bambins incontrôlables et deux femmes aigries qui, agglutinées à nous, médisaient de leurs enfants partis au marché.

Après la promenade sordide, on a voulu se frotter aux éléments. On est retourné à la plage de l'Éventail, on avait envie de voir des surfeurs à l'œuvre et des vagues dignes d'un film d'action. C'était la seule plage du coin que les surfeurs choisissaient pour ses courants, sa mer emportée et son exposition aux vents. On regardait les *riders* sur leurs planches défier l'océan comme des toréros provoquant la bête. La plupart avaient les cheveux longs, des mollets bien galbés, des bras musclés à force de pagayer loin du rivage et en les contemplant, j'avais l'impression de voir Andrea. Près de moi, William était subjugué par leur détente, leur souplesse surtout qui leur permettait de s'adapter à chaque vague et William me disait que le sport lui manquait, qu'il courait tous les jours, avant. Je lui ai demandé avant quoi ? Et William a détourné le regard pour mieux regarder les vagues.

Au bord de l'eau, des petits essayaient d'imiter les grands. Ils avaient des planches en polystyrène expansé et tous s'amusaient à singer les mêmes gestes que les surfeurs à longs cheveux. Plus loin, des ados optaient pour des planches en bois avec des motifs hawaïens gravés au centre. Au bord de l'eau, deux cousins se battaient pour monter sur cette planche en chêne blanc qui flottait à la surface. Ils se querellaient comme des enfants, leurs mains agrippaient tour à tour la planche, le ton montait, leurs mains tiraient, résistaient de chaque côté de la planche, tandis que le plus grand disait au plus petit de dégager, arrachant un grand coup. La planche a virevolté et s'est encastrée sur ma face.

J'ai senti un choc. J'ai baissé la tête, mes mains ont touché mon nez pour tâter les dégâts et mon nez pissait le sang façon robinet. Les deux types me regardaient avec un air désolé. Ils m'ont escorté avec William au bord de la plage. L'un d'eux m'a tendu une serviette, le sable devenait rouge et granuleux sous mes pieds, et même si j'étais dans les vapes je voyais William se retenir de toutes ses forces pour ne pas leur rentrer dedans.

Au fond c'était rien qu'un accident et il fallait ne pas bouger, pincer la narine saignante et rester la tête en avant pour éviter que le sang ne remonte et ne coagule au sommet. William restait près de moi. Toutes les cinq minutes, il me demandait si j'avais besoin d'air, d'ombre, d'un Dafalgan. William voulait partir de la plage mais les familles autour nous ont conseillé d'attendre la fin du saignement. Ses mains s'agitaient, il voulait aller aux urgences mais je le rassurais, mon nez n'avait pas gonflé, j'y voyais clair, la douleur diminuait. Les mères de famille avaient raison, il suffisait d'attendre. Alors pour me reposer un peu, j'ai ordonné à William d'aller se baigner, de profiter de cette journée, il nous en restait si peu qu'il ne fallait rien gâcher et bon gré mal gré, William s'est exécuté.

Allongé sur ma serviette, les poils de mes jambes noués par les éclats de sang séché, j'ai repensé à ma mère, à cette fois où elle était tombée ivre dans les escaliers, l'arcade déchirée. Son sang giclait comme une sauce de viande sur le carrelage frais. Ma mère après sa chute me regardait d'un air ébaubi comme une petite fille prise en faute, une petite étourdie qui avait simplement trébuché et qui n'aspirait qu'à mieux savoir marcher.

Quand ma mère est tombée, une page s'était tournée dans l'histoire de mon enfance. Mon père était parti depuis longtemps et avec les années, je ne recevais plus que des nouvelles par carte mal décorée qu'il m'achetait à Noël au supermarché, entre ses packs de bière et ses lots de riz au lait et faut dire que cela m'allait, pour moi mon père n'avait été rien de plus qu'un étranger. Ma mère, elle, avait monté dans la maladie comme un nettoyeur de vitres sur sa nacelle. À force de matinées difficiles et d'arrêts maladie intempestifs, elle s'était fait virer de son cabinet. Elle avait reçu un chèque qui nous mettait à l'abri pour deux années mais tout le reste partait en fumée. Ma mère buvait en continu comme une fontaine. Plusieurs fois par semaine, il m'arrivait de la croiser, ivre et hébétée, au petit jour quand je me levais pour le bahut. Ma mère était là sur son canapé, sa cigarette à la main, ses yeux cernés de noir, sa voix d'ogresse me disait ça va Loulou, tu es déjà debout, quand ce n'était pas une attaque personnelle. Sur un ton doux, je lui demandais d'aller se coucher, il était 7 h 30, il fallait se reposer mais ma mère s'énervait, elle disait que je la contrôlais, que j'étais comme mon père, elle me traitait de noms que ma mémoire a oubliés et je claquais la porte pour retrouver l'arrêt de bus. Ma pire crainte ces deux années était de voir ma mère sortir de la maison, apparaître devant l'abri de bus, ma mère en chaussons déglingués, en culotte et chemisier mal noué, ses cheveux empoussiérés par la fumée de cigarette et la peau gonflée par des litres de vin mauvais, devant tous mes amis qui nous imaginaient à l'opéra ou en virée dans un pays étranger.

Ma mère était malade mais c'était surtout devenu de la cruauté de sa part. Elle avait besoin d'une cible sur qui passer sa maladie. Mon père absent en faisait souvent les frais. Elle le maudissait toutes les nuits où elle partait dans ses délires alcoolisés. Elle ressassait de vieux souvenirs, des scènes archivées, elle parlait de Sophie et d'Elvis aussi et tout ce que ça me faisait dire, c'était que ma mère était plus triste que je ne le pensais d'avoir été quittée. Ma mère si indépendante était devenue une entité tyrannique. Quand j'intervenais dans ses délires, quand je lui demandais de ralentir la cadence, quand je rangeais derrière elle les bouteilles vides, j'avais une chance sur deux d'en prendre plein la figure. Parfois elle tambourinait à la porte de ma chambre fermée à clé. Ma mère me menaçait. D'autres fois, elle s'en allait boire chez une amie et me coupait l'électricité. La télé coupée, je finissais la soirée dans le noir à me demander ce que j'avais fait au bon Dieu pour hériter d'une enfance aussi désastreuse. La plupart du temps, ma mère me disait de déguerpir, de faire mes devoirs, d'aller dans ma chambre et je repartais, les poings serrés et l'envie de l'étrangler dans un coin vicieux de ma tête frustrée. À l'étage, je l'entendais maugréer, ses mots ivres venaient à mes oreilles et je m'endormais en jurant qu'au petit jour, je ne lui adresserais plus la parole. Autant dire que je ne tenais jamais mes promesses.

Dans la fièvre, allongée sur ma serviette, la tête qui tournait et les souvenirs avec, je repensais à tout ça et je ne savais pas si un jour je pourrais pardonner. Tout à coup devant moi, une ombre m'a privé du soleil. Sur la plage, elle s'est plantée au milieu de mon visage. William d'en haut, ses cheveux gouttant comme une cafetière, me regardait. Il était rentré de baignade et j'ai effacé un temps les bas-fonds du passé. William me demandait comment j'allais, je l'ai regardé sans comprendre, ça allait évidemment, quelle question, William m'a dit t'es sûr, ça va mieux, dis-moi, et dans les sables mouvants des nuits infernales avec ma mère, j'en avais oublié que j'étais couvert de sang séché.

MON MANÈGE À MOI

Ma mère tôt ou tard va revenir me hanter et William va s'éloigner. C'est ce qui va arriver. C'est une loi précise comme une vérité et William l'a encaissée mieux que moi. Un jour sur deux, William me demandait de le retrouver sur les criques et dans les forts et dans les derniers jours de notre été, mon Anglais me faisait souvent la surprise d'une virée. Le parc de la Briantais, la Demeure du Corsaire, le grand aquarium un jour de pluie, parmi les poissons-loups et les méduses aurélie. Dinan aussi, en visite guidée par des types déguisés en seigneurs et avec William impossible de se regarder sans s'étouffer de rire. Aussitôt fait, nous partions dans un moulin à vent près de Cancale, un moulin inquiétant, entouré d'herbes sauvages et d'un abri à outils à l'odeur de brûlé, un moulin inhabité où les jeunes de la région se retrouvent parfois pour faire la fête et puis hier William m'a emmené à la grande fête foraine montée pour l'été.

William n'était pas du genre à s'extasier devant une pêche aux canards ou un *roller coaster* bas de gamme. Il aimait le frisson vrai, pas de ces aventures trafiquées en haute saison pour faire raquer des troupes d'enfants désabusés. Mais parce qu'il savait que j'aimais l'ambiance des manèges qui tournaient sur eux-mêmes, les présentoirs de gadgets fabuleux qui brillaient, les pommes d'amour et le sucre d'orge filé, William nous y a fait passer la soirée. Ses mains, quand je les ai retrouvées, étaient remplies de petite monnaie, petites besaces qui dévoilaient un trésor rouillé, car William avait convaincu sa mère de récupérer le fond de leur vide-poches et toutes les piécettes qui traînaient sur le bureau de l'hôtel pour enchaîner les attractions toute la soirée.

William était davantage appelé par les manèges de l'extrême, la Boule Géante, le Grand Vertige, la Tour de l'Horreur, il disait que tant qu'à payer pour des sensations, autant qu'elles soient de haute volée. Moi je préférais les divertissements à ma hauteur, les autos-tamponneuses, le Train fantôme, le Palais des glaces, les jeux sans enjeu, les cherche et trouve intelligents, les stands de tir, les petites performances, loin du vide et de la possibilité de rester bloqué, les jambes au-dessus de la tête une bonne partie de la nuit. Alors William et moi avons trouvé un compromis. Tour à tour, on allait dans le pays de l'autre, là où les poumons pris de vertige crachaient leur respiration avant de retrouver les ballons de baudruche à dégommer à coups de carabine.

Ce soir-là, quelque chose empesait la foule. L'ambiance avait une tonalité lourde et cela n'avait rien à voir avec William, ni même avec l'orage qui depuis quelques heures se préparait dans les nuages. La fête foraine paraissait étrange. Elle n'était pas de ces foires joyeuses qui me rappelaient ma mère et Cécile dans les Landes. La musique mécanique des manèges paraissait désaccordée, faite de fausses notes. Les forains étaient absents dans leur cabine vitrée, certains ne prenaient même pas la peine de commenter chaque tour de piste, d'autres engueulaient les bandes adolescentes qui mettaient du temps à déguerpir.

Pourtant, j'avais tout mon temps ce soir-là. Andrea avait déserté la maison, parti rendre visite à sa mère à Nantes. Il m'avait proposé de l'accompagner, ça pourrait te faire du bien de voir ta grand-mère, depuis quand déjà vous ne vous êtes pas rencontrés, mais je lui ai répondu que l'ambiance maison de retraite, biscuits industriels servis dans une assiette sur fond de *Derrick* allait me déprimer, que je préférais rester là, que j'étais bien chez lui, que ça me changeait les idées, et je crois que ça a flatté Andrea qui n'a plus insisté.

Cette fois, parce qu'il s'en doutait, Andrea m'a fait le discours du pas de fête chez moi, couvre-feu minuit max, et pas d'abus de toutes sortes, je peux compter sur toi ? J'ai répondu évidemment, de toute façon avec qui Andrea voulait-il que je fasse la nouba ? Mon oncle m'a regardé d'un air complice, sourire aux lèvres, pas dupe de mes manigances. J'ai fait comme si je n'avais pas remarqué mais Andrea, d'humeur châtiée ce jour-là, est revenu à la charge. Tu peux me le dire, tu sais ? Tu as rencontré quelqu'un ? Allez crache le morceau, pourquoi tu fais le cachottier ? Dans le regard en étau d'Andrea, j'ai rougi. Je crois que mon secret se lisait sur mon visage et j'ai dit laisse-moi tranquille.

– Je la connais, je l'ai déjà croisée ?

J'ai dit que non et mes joues rougissaient de plus belle comme des phares.

– C'est une fille, un garçon ?

La question d'Andrea m'a scié. Pourquoi Andrea me parlait de garçon ? Est-ce qu'il avait un doute ? Est-ce que ma préférence était flagrante ? Et sans jugement, Andrea s'est contenté de répéter sa question. Il me regardait avec un air adorable, pas intrusif ni censeur, et puisqu'il attendait une réponse, j'ai bafouillé qu'il avait raison.

– Bien sûr que tu la connais.

Mon oncle s'est chauffé les mains, son visage s'est muni d'un grand air enthousiaste.

– C'est la serveuse de la crêperie, tu sais, elle s'appelle Émilie.

J'ai eu honte de mon mensonge mais je n'étais capable de rien d'autre. Et le prénom de la jeune fille du restau a suffi pour qu'Andrea me tape sur l'épaule comme un camarade avant de déguerpir dans son bureau pour l'après-midi.

Dans ma chambre, je suis resté inerte à réfléchir. Je n'en étais pas à un mensonge près, mais celui-là m'a rendu coupable, comme si je niais qui j'étais, comme si j'étais capable d'éradiquer tout ce qui s'était passé cet été. Sur mon lit, je me suis trouvé affligeant. Et puis j'ai pris peur. Si Andrea parlait de cette Émilie à ses amis crêpiers ? S'il comprenait que j'avais tout inventé ? Je me rassurais aussitôt. Aucune chance qu'Andrea parle de ma vie privée, il était déjà bien incapable d'évoquer la sienne.

À peine sorti de la Boule Géante, je repensais à cet après-midi dans mes draps de lit. Voilà pourquoi je n'étais pas vraiment d'humeur ce soir-là. Alors au débotté, j'ai proposé à William de dormir chez moi. Il m'a regardé, surpris. Il ne s'y attendait pas. Il m'a demandé s'il n'y avait pas de risque que mon oncle rentre plus tôt que prévu et j'ai dit que non. William hésitait, il pensait à son père, au bobard qu'il pourrait fabriquer. En silence, William a réfléchi près d'une file d'attente de petites filles qui tentaient leur chance pour gagner la peluche de Pocahontas à la balle. Il n'était sûr de rien. Il ne voulait pas créer d'histoires, ses parents lui accordaient déjà tout le temps libre qu'il voulait. Puis il s'est tourné vers moi et m'a dit si je pars à l'aube et me pointe à 9 heures au buffet du petit déjeuner, ça peut éventuellement le… William n'a pas fini sa phrase. Une main s'est agrippée à lui comme la grappe dans un tas de peluches. Une voix a retenti derrière nous.

– Toi, là ! Je te reconnais, sale voyou.

William et moi, nous nous sommes retournés. Deux petites filles aux couettes identiques nous dévisageaient, on aurait dit les jumelles de *Shining*. Derrière elles, dans une chemise jaunie par la sueur, un type chauve à la mèche folle empoignait William.

– Oui c'est bien toi, je te reconnais !

William a tiré brusquement sur son tee-shirt pour se dégager. Mais le type ne comptait pas en rester là.

– Je te reconnais, petit con. Sale voleur.

Le type continuait son délire et toute la foule autour regardait.

– Tu te prends pour qui ? Tu sais que j'ai des caméras ?

William a essayé de fuir. Il m'a attrapé la main pour nous éloigner dans l'allée d'à côté, mais le type s'est décalé de la file pour continuer à gueuler.

– Ne t'avise plus de rentrer dans ma boutique, tous les commerçants te connaissent désormais. Fiche le camp sinon la prochaine fois, c'est la police.

RIDERS ON THE STORM

Ma mère est tout ce que j'oublie et William et moi avons rejoint la digue. Loin de la fête foraine, la lune devant nous, William s'est senti soulagé du silence qui régnait tout autour. Je ne voulais pas l'accabler, encore moins l'interroger. Sur le trajet, William est resté le front bas, les mains nerveuses. Mais parfois il m'attrapait l'avant-bras, pour me faire comprendre qu'il était incapable de parler. Éclairé par la grande lune, le visage de William semblait déformé, attiré vers le bas comme soumis à une terrible gravité. Je refusais à nouveau d'être le garçon taiseux, pas fichu d'intervenir alors une fois le sable retrouvé, je lui ai dit qu'il pouvait tout me dire.

William m'a regardé d'un air amer, ses yeux brillaient de la même couleur que la mer argentée et je ne savais pas si c'étaient des larmes ou le flot métallique des vagues qui se reflétait dans son regard aimanté. William a essayé de dissiper les doutes. Au lieu d'assumer son acte, William m'a assuré que tout allait. Le type était un désaxé, *a crazy person* comme il avait l'habitude d'en croiser dans le centre-ville de Leeds. Une part de moi avait envie de le confronter. Le gars à la foire avait reconnu William, il l'avait injurié sur la place publique mais il n'avait pas l'air fou. Il avait l'air d'être un bonhomme sans histoires, un monsieur Tout-le-Monde qui ressemblait à tous les autres messieurs Tout-le-Monde de la région.

Face à mon Anglais, une autre part voulait simplement mettre ça de côté, dans une malle fermée à clé et ça m'a fait penser à toutes les histoires familiales que j'avais enterrées dans cette grande caisse.

Près de moi, William regardait la mer. Sa main grattait le sommet de ses cheveux, l'autre ratissait le sable, William cherchait les bons mots. À la place, il m'a demandé si mon invitation à dormir avec moi tenait toujours. J'ai dit que l'invitation était une offre durable, elle n'avait pas d'heure d'expiration. Il a ri puis a reformulé la question.

– Est-ce que ça tient toujours même avec un sale petit voyou ?

J'ai regardé William sans me défiler et j'ai dit que voyou ou non, je l'aimais. William a relevé la tête, gêné, il voulait m'avouer, il voulait tout me raconter et alors je me suis levé, j'ai tendu ma main à William pour qu'on aille se promener et je lui ai dit que la nuit était à nous d'aussi loin qu'on regardait.

À cet instant, William a eu le visage plus triste que la tristesse même. Il contemplait l'horizon comme s'il pensait à un être cher. Puis il a suivi le sentier sombre que l'eau formait sur le sable grignoté. La lune gibbeuse nous faisait face. Elle nous éclairait. Mais une autre lune apparaissait à l'horizon. Une lune qui venait du phare là-bas, caché derrière la grande falaise de pierre. Deux lunes nous observaient et c'était beau. Alors c'est moi qui ai commencé à raconter.

Le départ de mon père, la maladie de ma mère. Pour une fois, parce que j'en avais assez des euphémismes légers, j'ai dit les mots comme ils étaient. Alcoolisme, maladie, méchanceté, les coups que ma mère prenait et ceux qu'elle me donnait avec les mots quand mon père l'a abandonnée. William qui avait toujours l'habitude de commenter s'est tu mais je sentais sa main se contracter sur la mienne et de peau à peau me réconforter, en morse ou dans une langue subitement inventée.

Autour de nous, il faisait noir. C'était un noir bleu, un noir de plage et de mer qui dormaient l'un contre l'autre comme deux vieux amis. Je continuais de raconter mon histoire : mon atterrissage en catastrophe chez Andrea et puis l'accident de ma mère qui sûrement n'en était pas un. Je ne savais pas. Je ne savais plus. Mon cerveau faisait souvent ça, quand la réalité était trop dure. Ma tête réinventait, reformulait, plantait d'autres images à la place des vraies. Mais cette fois je m'en tenais à ce que ma mémoire avait gravé à jamais : ma mère inconsciente, étendue sur le sol de sa chambre, son visage recouvert de cheveux, les boîtes de médicaments sur la table de chevet et toutes les notices autour, par terre, sur la moquette, comme une menace sans appel. Quand j'ai retrouvé ma mère inerte, j'ai appelé les pompiers. J'ai bafouillé, je ne me souviens plus de ce que j'ai raconté, quels mots j'ai choisis pour pouvoir dire ce qui se passait. Un type au téléphone m'a demandé mon adresse. Il m'a dit de prendre le pouls de ma mère avec la main, j'ai attrapé son poing glacé, les pulsations étaient très faibles et c'est là que j'ai compris que ma mère n'avait pas eu un accident, que ma mère avait tenté de se tuer.

Quand j'ai dit ces mots-là à William, l'orage a commencé à gronder. Les nuages ont pris possession du ciel, les deux lunes se sont voilées d'un grand drap gris et il fallait déguerpir au plus vite avant que la tempête n'éclate. Les mots m'avaient enlisé, je n'arrivais pas à quitter la scène. Ma plage était devenue mon repaire, mes deux lunes veillaient sur moi comme mes deux mondes parallèles, mes deux réalités, l'ivresse et la lucidité, le ciel et la pierre, le mensonge et la vérité, moi et mon Anglais et la foudre est tombée dans l'horizon de l'océan, près de la côte de Dinan.

Avec la foudre, la pluie a chuté en quelques secondes. Une pluie raide, brûlante et douloureuse, comme des centaines de bâtonnets. Il fallait fuir la plage mais j'étais devenu sans force. Un corps indélogeable en marbre épais, qui traînait son fardeau dans le sable, comme Caroline traîne sa carapace au milieu des bosquets. William a quitté son pull à capuche pour nous abriter mais je n'en voulais pas. J'ai fait un geste de la main pour lui dire de le garder, je voulais que la pluie me brutalise et me nettoie. Alors sous l'orage qui criait, William a compris qu'il fallait rester là, subir les éléments qui se déchaînaient et alors, William m'a avoué qu'il avait volé l'appareil photo. William voulait me faire plaisir, il savait qu'il avait mal agi, mais il le faisait parfois, un vol par pulsion, un geste interdit qui valait comme sa survie.

En parlant de survie, il me dirait tout, promis, plus tard, dès qu'il le pourrait.

J'ai répondu à William que j'avais mis seize ans à me raconter sans mentir et qu'il pouvait prendre son temps. Après le bruit lointain du tonnerre, le silence s'est installé à nouveau. William et moi trempés jusqu'aux os, nous nous sommes regardés tels qu'on était, deux corps qui frissonnaient, immobiles sur le sable engorgé, nos doigts fripés, nos visages défaits, nos membres ankylosés par la nuit et le vertige de nos pensées, nos cheveux qui gouttaient sur nos fronts comme des arbres qui pleuraient et comme un miroir tendu à l'autre, nous avons souri. De ma poche, j'ai sorti l'appareil jetable et j'ai attendu que la foudre s'abatte une nouvelle fois, puissante et électrique, sur la mer endormie pour appuyer sur le flash.

TOUS LES GARÇONS ET LES FILLES DE MON ÂGE

Ma mère est ma hantise et Andrea est rentré les bras chargés de gourmandises. Il n'était parti qu'une journée rendre visite à sa mère dans son hospice mais à son retour, Andrea était d'humeur joyeuse. Il s'était arrêté sur la route acheter des produits, des petits Lu qu'on fabriquait là-bas et puis de la brioche vendéenne et aussi des sablés. Je lui ai demandé comment ça s'était passé avec mamie et j'ai dû me forcer à l'appeler mamie, ma mère et elle s'étant fâchées il y a plusieurs années, j'ai fini par ne plus la connaître.

Andrea nous a servi les biscuits dans une assiette. Il avait faim. Et devant notre goûter improvisé, Andrea m'a raconté que ma grand-mère se portait mieux. Seule chez elle, Annie s'était cassé la main et la hanche il y avait un an et sa convalescence était efficiente, elle remarchait comme avant ou presque. Elle avait retrouvé son énergie et son grand appétit d'antan et face à Andrea, je me sentais bête, intrus, exclu de la famille, moi qui ignorais tout d'Annie finalement, son accident l'an passé ou son habitude de manger comme un chancre.

J'ai finalement culpabilisé de ne pas être allé lui rendre visite, de ne pas avoir fait l'effort pour raffermir les liens de famille, mais la nuit passée avec William sous l'orage valait tous les regrets. Je me suis contenté de dire à Andrea que la prochaine fois, je serais de la partie. Mon oncle est allé faire la vaisselle de notre goûter tardif, il était presque 18 heures. Au loin, il me demandait ce que j'avais fait hier soir et j'ai dit presque la vérité :

– Je suis allé à la fête foraine, l'ambiance était morose, mais y a des manèges pas trop mal.

Et dans un bruit d'assiettes qui s'entrechoquaient, Andrea a lancé :

– Avec Émilie ?

J'ai dit oui en me regardant dans le miroir et désormais mes mensonges ne me faisaient plus rougir. À la télé passait la finale d'un concours de natation mais je n'étais pas d'humeur. Andrea s'est contenté d'enregistrer sa compète sur le magnétoscope et m'a proposé d'aller faire une balade sur la plage. J'ai refusé, pas d'humeur non plus à fouler le sable ce soir-là. Je lui ai répliqué que j'allais faire une petite sieste, j'étais crevé par les sensations fortes de la veille et il m'a rétorqué à cette heure-là et j'ai dit que ce n'était pas moi qui voulais goûter à 18 h 23. Andrea m'a concédé le point et m'a dit repose-toi bien. En quittant le salon, je lui ai dit qu'on pouvait faire un tour de bagnole ce soir.

– J'ai bien envie de voir le long de la côte.

Et Andrea m'a répondu, bonne idée.

Dans ma chambre, face aux maquettes d'avions, je pensais à William, je pensais à ma grand-mère, je pensais à ma mère et à tous ces gens qu'on croit un temps connaître. J'ai repensé à toutes ces fois où sur notre plage, j'avais cru tout savoir de William. Je ne voulais pas y penser. Mais cette phrase qu'il m'avait dite me revenait, *tout me dire, plus tard, quand il le pourrait*. Et malgré ces étreintes remplies de William et de sable, les cheveux emmêlés d'embrun, sentant la peau de William comme un nouveau parfum, je réalisais que William n'était pour moi qu'un mystère. Alors dans le souvenir des caresses au soleil, j'ai compris que je ne savais rien. Rien sur lui ni sur personne. Rien non plus sur ma mère, ce qu'elle a été, son passé, sa vie de femme, de mère, de petite fille dans les jupons d'Annie, ma grand-mère oubliée.

L'ÉTÉ INDIEN

Ma mère tôt ou tard rentrera au bercail et les touristes aussi. Avec William, on regarde la baie se vider de tous ces corps bronzés. Les serviettes retourner dans les sacs en toile, les parasols se replier, la plage, la mer, le sable tout entiers se faire déserter. William me dit qu'il n'aime pas ça. Les scènes de fin et les au revoir. Il m'avoue que lorsqu'il regarde un de ses films préférés, il s'arrête toujours avant les dix dernières minutes, pour que dans sa tête l'histoire continue à jamais.

Plus les jours passent, plus la ville se désemplit. Les terrasses sont de plus en plus dénudées. Il n'y a plus de file d'attente chez Sanchez pour une glace l'après-midi. Saint-Malo ressemble à une maison de divorcés. Parmi les cartons et les affaires remisées, William et moi, on se promène comme deux âmes traînantes dans les ruelles en pierres grises. Nous regardons les commerçants retirer les stands de cartes postales du trottoir et les pancartes Soldes des devantures avant de remonter les marches épaisses des remparts. Comme avant, nous observons les bateaux sur la côte et les goélands en silence. Il y a du vent depuis la semaine dernière, un vent de cyclope, et dans le ciel les goélands galèrent, les oiseaux luttent et vacillent, certains perdent l'équilibre, on dirait des avions qui tombent victimes d'un trou d'air et William et moi parions sur les volatiles les plus robustes qui résisteront au vent engouffré dans leurs grandes ailes.

Dans sept jours, William va repartir. Lui et moi, on le sait et sans mot dire, on compte les jours qui nous restent comme des prisonniers avant l'exécution. Une amertume s'installe. Parfois elle se volatilise en une étreinte, une broutille que William lance à la volée. Tiens devine mes bonbons préférés, ma chanson d'enfance, mon surnom quand j'avais quatre ans. Et quand je réussis à deviner, l'amertume revient au-dessus de nos têtes comme un nuage soudain.

William m'assure qu'on gardera contact et garder contact, ça veut dire quoi ? Si c'est comme ces échanges épistolaires avec Pablo qui de lettre en lettre deviennent comme des courriers polis adressés à des mourants de l'hospice, ça ne dit rien qui vaille. Mais William est un optimiste. Il me dit qu'il reviendra en France dès qu'il le pourra. Il viendra me voir. Il le promet, il se débrouillera et pour la débrouille, il me le chuchote à l'oreille, il en fait de l'art.

Hier alors qu'on se dirigeait vers les arbres sans tête comme ce premier jour, il m'a dit cette phrase très triste et très belle :

– Dans la vie, tu sais, moins on se voit et plus on s'aime.

William me regardait de ses grands yeux en amande à peine ouverts par le soleil.

– Si tu n'étais pas retombé sur moi après l'anniversaire de ton oncle, peut-être qu'on ne se serait jamais revus et d'une certaine manière, ça aurait été parfait. Car en ne se connaissant jamais, on se serait aimés toute la vie.

Assis sur les remparts face aux oiseaux en difficulté, les cheveux dressés en l'air comme pris dans un champ électromagnétique, William nous invente des retrouvailles. Des escapades tous les deux en train couchette à regarder la nuit défiler à Rennes, Bordeaux, Brighton ou Londres, des séjours en auberge de jeunesse, des virées à Paris et puis Berlin, une vie à deux entre deux contrées, deux langues, deux mondes qui à force aurait été le nôtre, notre petite entité.

Cet hiver, William voudrait que je lui rende visite en Angleterre. Il me dit qu'avec un peu d'argent de côté, ça le fait. Il a raison. L'Eurostar à l'avance ça ne coûte pas si cher, martèle-t-il, et sur place, il suffira d'aviser. Le visage de William s'illumine en visualisant l'idée. Il y croit dur comme fer, la France et l'Angleterre, c'est pas la mer à boire, au fond pas plus long qu'un Paris-Nice à vol de goéland et plus j'écoute William nous inventer nos retrouvailles, ses mots emportés, son accent anglais, son grand regard sur les vagues grises qui s'écrasent, mousseuses et blanchâtres, contre les murs de la cité, plus le nuage au-dessus de nous disparaît et avec lui, l'amertume, la peur, le déchirement repliés en quatre comme les serviettes des touristes dans les sacs en toile.

TROIS NUITS PAR SEMAINE

Ma mère va mieux et Andrea aussi. Andrea l'appelle et Andrea me raconte après. Andrea ne m'impose jamais le combiné. Il ne me piège pas, n'interrompt pas subitement la conversation pour dire tiens je te le passe. Mais fidèle au poste, Andrea prend des nouvelles de ma mère. Trois fois par semaine avant le JT. Il passe par le standard et devant moi, demande la chambre 203. Ma mère désormais est apaisée, dit-il. Elle reprend ses esprits, ses humeurs, sa gaieté, comme si tout ce qu'elle avait été s'était égaré au cours d'une interminable promenade en forêt. Tous les jours, elle demande après toi, confie Andrea. Elle veut savoir ce que tu fais, comment tu occupes ton été, et sans me trahir, Andrea raconte mes virées quotidiennes à la mer et mes coups de soleil et ma mère, ça l'apaise.

Ma mère est encadrée, surveillée comme un doucereux caramel. Elle est suivie par des docteurs et des psys qu'Andrea appelle aussi. Les médecins affirment qu'elle fait des progrès, qu'elle identifie ses blessures, ses états maniaques, sa lignée de femmes à réparer et pour moi c'est du charabia. Malgré ces progrès, je n'ose prendre le combiné. Ça m'est impossible. Entendre la voix hiémale de ma mère, quelque chose m'en empêche. Je crois que j'ai besoin de terminer mon été.

Depuis deux semaines, mon oncle va mieux aussi. Il a arrêté les parties de Solitaire et les chansons françaises en pleine nuit. Andrea bosse d'arrache-pied à la boulangerie. Il a récemment décidé qu'il participerait au Concours international des jeunes boulangers. Il a quelques mois pour se préparer. Depuis sa décision, mon oncle est ravi, il dit qu'il a enfin un objectif, un *goal* et son anglicisme me fait penser à qui on sait.

Pour ce concours, Andrea va travailler comme un forcené. Il lui faudra exceller dans cinq catégories : pain et petits pains, pâtisserie à la levure sucrée, pâtisserie danoise et pièce maîtresse. Alors mon oncle a réuni le matériel adéquat dans sa boulangerie, aménagé ses horaires avec son employé, et le soir, comme j'étais de vadrouille perpétuelle, il en profitait pour voir ses amis. Il dînait avec Jeanne et Luc, trinquait avec ses Mercenaires et nuit après nuit, dans les grands plateaux d'huîtres et les bolées de cidre loin de Stéphanie, Andrea a retrouvé le goût de vivre.

Andrea a même reposé son vieux matelas de gym et est retourné faire son sport à la salle. Là-bas, il soulève sa machine comme son chagrin et à force de soulever, ça répare, ça s'en va, le chagrin devient muscle. Quand je le voyais revenir en sueur, les bras congestionnés, le sourire aux lèvres, j'étais heureux, convaincu que la joie était aussi contagieuse qu'une maladie et Andrea finissait toujours par me demander :

– Est-ce que tu vas retrouver ton Émilie ce soir, à moins que tu veuilles sortir avec Erwan et moi, il y a un bal de village à Paramé ?

L'autre soir, Andrea a reçu un appel qui a chamboulé la bonne humeur du foyer. Andrea pensait que c'était le psy de ma mère qui le rappelait mais à l'autre bout du fil, c'était la voix oubliée de mon père. Andrea s'est retrouvé interdit. Ils ne s'étaient pas parlé depuis des années. Ils ne s'étaient d'ailleurs jamais téléphoné. Immédiatement, la voix de mon oncle au téléphone est descendue dans les graves, Andrea était circonspect. Mon père mettait son grain de sable alors qu'il passait quatre mois de vacances insouciantes en Guadeloupe avec Sophie et Elvis. Mais cette semaine, la voisine l'avait appelé. Elle cherchait à prendre de mes nouvelles, elle n'avait pas le numéro d'Andrea, seulement celui de mon père.

– Non, pas besoin de tes remarques, j'appelle ma sœur tous les jours. Non, il n'est pas prêt. Je lui dis que tout va. C'est le cas. Elle se remet.

…

– Non.

…

– On ne sait pas encore. Elle n'est pas très loquace. Mais elle va bien. Non, je sais de quoi je parle. Je cite ses médecins. Dans quelle clinique ? Je ne sais pas si je dois te le dire. Tu n'es plus de la famille. Ne le prends pas mal. Je gère la situation et ton fils par la même occasion.

Pendant la conversation, Andrea me jetait des regards. Il ne voulait pas que je me sente exclu de l'échange. Il voulait me montrer qu'il était là, qu'il faisait le taf.

– Mais bien sûr qu'il est au courant. Il est là à côté de moi. Il est grand, tu sais. On parle lui et moi.

Quand la conversation devenait sérieuse, Andrea baissait la voix, refusant de me mêler à tout ça.

– Oui. Tu veux savoir quoi ? Oui, des médicaments. La voisine est une commère, c'est pas possible. Et tu insinues quoi ? Cela changerait quoi ? Tout va bien.

Andrea me souriait. Il savait qu'il enjolivait et moi aussi. L'été avait été silencieux mais ces jours derniers, on parlait beaucoup. Andrea avait commencé à me raconter leur enfance tous les deux, ma mère qui lui préparait ses goûters, ma mère de trois ans son aînée qui jeune était déjà si populaire, qui avait des tas de copains, qui se maquillait, fumait, sortait, et qui le forçait à faire de même et à quitter les jupons de ma grand-mère qui le surprotégeait. En retour, je lui racontais nos belles journées comme nos enfers. Andrea ne s'apitoyait jamais, il ne me prenait pas pour une victime. Il disait que c'était dur mais que j'étais solide.

Dans le salon, la conversation entre mon père et lui s'enlisait et Andrea, parce qu'il savait comment les choses s'étaient passées, s'est mis à durcir le ton.

– Qu'est-ce que cela changerait si c'était le cas ? Elle était malheureuse et tu le savais. Tu te sens coupable ? C'est un peu tard, non ? Tard, oui. Si, cela me regarde. C'est ma sœur et mon neveu, alors ça me regarde. Je n'insinue rien mais débrouille-toi avec tes états d'âme. Écoute, j'ai pas envie de m'engueuler avec toi. J'ai à faire. Non, je dois te laisser. Puisque tu le dis, crois ce que tu veux. Elle va bien, il va bien. Épargne-moi tes leçons de morale steuplé. Ils vont mieux et tu n'étais pas là. Ce n'est pas à moi de te soulager de tes absences et de ta culpabilité.

Quand Andrea a raccroché, j'étais derrière lui. Et pour la première fois, je lui ai dit tout haut ce que je pensais. Ma mère avait tenté de se tuer. Voilà ce que je savais. Ma mère était seule, personne ne pouvait l'aider alors elle avait voulu s'en aller. Quand j'ai formulé ma pensée, Andrea m'a regardé, ses yeux me disaient de retirer vite, d'oublier la phrase, mais mon oncle qui avait frôlé la dépression était aussi lucide que moi.

– Ta mère se reconstruit, elle se soigne, elle et sa santé mentale. L'important, c'est qu'elle en parle, c'est qu'on soit là, pour que tout ça n'arrive plus jamais.

ICE ICE BABY

Ma mère est un sujet de société et William est parti en virée. Deux jours avec ses parents et son frère, direction le Mont-Saint-Michel. J'avais la rage que William parte au débotté. Il n'y était pour rien, son père voulait absolument voir le Mont avant de rentrer en Angleterre. Je le vivais mal. On me retirait William, on me privait de ma prodigieuse félicité. Il ne restait que quelques jours avant son départ. Je redoutais ce moment comme j'en ai redouté tant, face à ma mère endormie dans ses draps salis, face à la porte rouge à heurtoir d'Andrea pour la première fois à franchir. J'avais réussi à oublier mon malheur, exorciser mon été. J'étais loin de mes soucis, loin de mes endroits. J'avais reconstruit ma gaieté comme les enfants construisent tant bien que mal des châteaux avec des grains de sable. Mais bientôt, je le comprenais, bientôt, la mer reviendrait, la mère casserait les tours et les donjons dorés, et bientôt il n'y aurait plus que le passé qui reviendrait, une terre lisse et lavée, avec au loin, une pelle et des râteaux oubliés.

À la maison, je voulais épargner à Andrea mon humeur de dogue. Andrea passait ses soirées à siffloter et réviser ses techniques dans le *Larousse des viennoiseries*. Les montages, les présentations, les approches créatives, Andrea bûchait comme un élève et parfois il me faisait part d'une découverte, une pâte feuilletée colorée, un glaçage à la lavande, un remplissage surprise, une garniture aux fruits secs ou confits et au loin je me contentais de lui dire oui bonne idée alors que qui a envie de manger des fruits confits dans la vie ? Il était focalisé sur son concours, tout le reste n'avait plus aucune importance.

Maintenant que William était parti, je rôdais dans la ville, loin d'Andrea et de ses sifflements guillerets de premier de la classe. Je me promenais sans envie, comme une âme qui erre. Devant les vitrines peuplées de caramels au beurre salé, devant les présentoirs de marinières, les caisses de jouets en forme de bateaux, je pensais à William perché sur son mont que je maudissais. J'imaginais William et j'imaginais tout. J'avais moi aussi fait la visite du Mont-Saint-Michel, j'avais huit ans et tout allait, mon père aimait ma mère, ma mère aimait mon père et ils m'aimaient, il n'y avait pas de boissons alcoolisées, pas de hurlement et de vie qui dérivait.

On avait passé une journée sur l'île rocheuse et là-bas, on était des touristes comme les autres. Des visiteurs sans histoires, des gens tout à fait fréquentables, on avait visité l'abbaye et ses cloîtres, payé l'entrée de ses musées dont j'ai tout oublié, contemplé la baie nue désertée par les eaux et les étendues de sable, fréquenté les magasins des venelles pentues, acheté les biscuits de la Mère Poulard, nous délectant de l'ambiance médiévale et de cette odeur persistante de beurre et de sarrasin qui serpente parmi les ruelles étroites comme un mystérieux virus. C'était une bonne journée, je m'en souviens, une journée de vacances, et mon père avait pris des photos au hasard, sans savoir que c'était une journée spéciale, une journée à archiver bientôt dans les catalogues du passé. Il avait photographié les pierres, les maisons en granit, les façades à colombages, les fenêtres à meneaux, les toits en ardoise comme William le faisait sûrement au moment où j'y pensais, comme sûrement il se délectait, contemplait, visitait et mangeait les biscuits de la Mère Poulard avec sa famille perchée au sommet de l'île grise, quand je n'avais plus dans mes mains que le souvenir d'un vieil incendie.

Dans les rues de Saint-Malo, je me sentais amoindri. Un souvenir mâché depuis longtemps recraché, une fumerolle oubliée. J'avais l'impression d'être un teufeur, sans chien allemand et sans Jo ou sa bande, à traîner mes guêtres sur les pavés, regardant les derniers aoûtiens se commander un chocolat liégeois, longeant les terrasses bâchées des restaurants de fruits de mer, les épiceries fines, les kiosques à journaux et derrière la crêperie où Andrea et moi avions fêté son anniversaire, j'ai vu Émilie rouler des pelles à un gars. C'était un saisonnier de la Compagnie Corsaire que William et moi avions vu sur la digue et qui jouait souvent de l'accordéon le soir sur les places comme un héros de Dickens. Sur le coup, j'ai envié Émilie et je l'ai détestée. J'ai détesté qu'elle soit là, libre de ses mouvements, sa langue dégoûtante dans la bouche de son marin de pacotille, ses gestes élancés, amoureux, déplacés, sans faire cas des gens autour d'elle. J'ai détesté Émilie et son petit air de pimbêche, son insupportable maladresse quand elle sert ses galettes, ses sourires à deux francs, ses bonjours paysans, ses mains collées à la nuque de son bellâtre qui n'était pas si beau que ça et j'ai eu envie de lui gâcher son moment. Envie de me venger, d'outrepasser, de lui interdire de vivre son amour aussi facilement, j'ai eu envie de crier dans la rue, on vous voit derrière les poubelles, prenez-vous une chambre, épargnez-nous le spectacle, j'ai eu envie de faire n'importe quoi, lui cracher au visage, la dénoncer auprès de Jeanne et Luc et faire d'elle une traînée de bas étage. Et puis la pluie est tombée, en plein sur ma face, ça m'a calmé, je m'en suis voulu, j'en aurais presque demandé pardon à Émilie, mais pardon de quoi, de ma méchanceté, de ma jalousie, ou de mon désamour à jamais pour les filles ? Toujours est-il que ma jalousie et moi avons détalé sous l'abri du magasin de chaussures en bas de la rue et pour éviter de répondre à ma question, j'ai écouté *Ice Ice Baby*.

La pluie s'est affaiblie et casque sur les oreilles, j'ai continué ma promenade molle, la chanson avait beau pétarader comme un feu d'artifice, je marchais avec langueur, la bruine formait comme des petites larmes sur mes joues et avec lucidité, je me demandais alors ce qui allait bientôt se passer. Quand William rentrerait, quand je devrais partir, et quand, quel jour, Andrea ne m'avait rien dit. Andrea disait seulement qu'il m'accompagnerait, qu'il ne fallait surtout pas louper ma rentrée et j'avais répondu que je me fichais de la rentrée, j'avais sauté une classe, je pouvais bien redoubler, m'offrir une année sabbatique, rester avec lui une année entière, l'aider à la boulangerie, laisser à ma mère plus de répit. Pour toute réponse, Andrea m'a dit, tu sais bien que c'est pas ça la vie.

J'ai laissé mon vélo sur les grilles des remparts et ce jour-là, j'ai préféré rentrer à pied. Marcher comme un condamné et manger chaque goutte de pluie, tout avaler, les éléments, le silence, la furie. Mon walkman avait beau rembobiner et rejouer *Ice Ice Baby* à l'envi, je n'avais plus de rythme, plus d'énergie, rien que ces quelques petits mots qui tournaient dans ma tête comme des canettes vides : c'est pas ça la vie.

HOLIDAY

Ma mère est mon point fixe et j'y repense désormais. Nos voyages en famille. Chaque année, bien avant les flammes, mon père, ma mère et moi partions en famille et à la différence de William et ses parents, c'est pour moi la sensation d'une autre vie, d'un film très vieux, d'une existence préincarnée où je n'étais qu'un enfant dénué de questionnement, un enfant à la mèche blonde relevée sur le devant, un enfant qui, hormis son ami de primaire qui le persécutait, vivait avec les secrets sereins d'une enfance comme une autre.

Mon père vouait une passion insensée aux îles alors chaque été, on partait comme des Robinsons à la recherche d'un bout de terre disloqué. Ce qui lui plaisait dans les îles, ce n'était pas tant l'évasion et la rêverie de ces refuges mais l'idée de territoires délimités et isolés du reste. Mon père le disait d'une voix prétentieuse de stentor, il aimait ces morceaux de terre chargés de leurs propres histoires, des morceaux imprenables et coupés du monde, lui qui avait grandi avec trois frères bruyants et une brassée de cousins recherchait peut-être ça, cette idée-là de la séparation.

Les années précédant mon adolescence, mon père nous imposait ses îles comme ses désirs. La Corse, la Sicile, Ré et Oléron, Belle-Île pour trois jours de cauchemar dans une maison mal chauffée, avec les toilettes bouchées par mon père qui refusait de reconnaître son crime, et une pluie acide qui cognait contre le toit comme dans un film apocalyptique. Mais aussi le ferry des nuits durant vers l'Angleterre, Jersey, les îles écossaises et Anglesey.

Un été, nous sommes allés à La Réunion et j'avais tout détesté. Les heures interminables d'avion, l'humidité et la chaleur de maboul, les routes toujours bouchées et tous ces gens qui se délectaient à l'idée de griller en famille des guêpes dont ils disaient que ça avait le goût de lardons et dans ce cas merci bien, je prendrai plutôt des lardons. Là-bas, les produits français étaient à des prix exorbitants et il fallait négocier des jours entiers auprès de mon père pingre comme pas deux pour me voir payer un paquet de Dragibus ou un pot de Nutella. Et puis j'étais terrifié par tous ces risques qui planaient partout, les insolations, les requins, les éruptions, persuadé que La Réunion était comme un grand parc d'attractions en plein cagnard. On y affrontait l'attente, l'ennui et les températures d'enfer mais pas vraiment les attractions.

Sur cette île coupée du monde, mon père voulait marcher, marcher, marcher, à croire qu'il avait été un athlète de fond dans une autre vie, un amateur de nature et de contemplation. Durant cet interminable mois de vacances, il s'était improvisé grand randonneur et ce qui m'agaçait le plus, ce n'était pas le soin qu'il mettait à planifier ses tours, à déplier ses cartes comme un expert qui sait de quoi il parle, mais de nous faire croire qu'il avait toujours aimé ça, marcher, randonner, varapper, comme si on l'avait rencontré le week-end qui précédait au détour d'un sentier et qu'on ne connaissait pas ses habitudes préférées (le PMU, la sieste, la promesse de faire tout un tas de travaux sans jamais toucher un outil).

Sauf que sur son île dantesque, mon père tenait à nous prouver le contraire. Il nous a imposé des dizaines de circuits et d'excursions, au cirque de Mafate ou de Cilaos, le Grand Bénare, le Trou de fer ou la Diagonale des fous et rien qu'avec ces noms de mauvais augure, j'étais partant pour faire demi-tour.

Toujours mon père ouvrait la voie d'une marche décidée, ses pantacourts couleur safari laissaient apparaître des mollets lourds, les mêmes que j'affrontais au tennis quand mon père adorait me mettre la pâtée, et sur les chemins de crête exposés, grandioses, sublimes, magnifiques, mon père aimait à s'extasier en contemplant la vue comme un conquistador tout juste débarqué. Le patriarche n'avait pas tort à dire vrai, le piton des Neiges, la Fournaise, les amphithéâtres rocheux, les rivières cristallines, les cratères, les champs de lave, la canopée des forêts étaient aussi beaux qu'un spectacle, mais la faim, la soif, les points de côté dans le ventre et les gouttes de sueur dans les yeux laissaient peu de place à mon émerveillement.

Quand j'ai eu neuf ans, trois ans avant leur séparation, ma mère en a eu assez des îles. Elle s'est mise à décider du programme et des destinations. On est partis au ski plusieurs hivers. Ma mère adorait la montagne, mon père moins et moi j'amais tant coulisser sur la neige, riper, skier, prendre de plus en plus d'élan, comme si je m'enfonçais et m'inclinais tête la première dans le paysage. Pas à l'aise sur ses skis, mon père faisait du mieux qu'il pouvait, en chasse-neige permanent. Ma mère essayait tant bien que mal de contenir son rire et moi aussi. Mon père râlait de tout, même les mots le faisaient disjoncter, la glisse, le tire-fesses, le téléski, il trouvait que c'était des mots débiles, des mots des années 90, ta génération, disait-il comme si c'était un reproche, comme si je l'avais sciemment choisie. Rien ne trouvait grâce à ses yeux et par-dessus tout, il détestait la frime des plus affirmés, les équipements à louer, la longue marche en après-skis (où était donc passé notre athlète de fond ?), les chaînes qu'il fallait poser aux pneus pour ne pas se foutre dans le décor, le forfait hors de prix à payer pour la semaine et la maigre récompense de la journée, un minuscule chocolat chaud dans un chalet bondé.

En haut de ses montagnes, ma mère, elle, était heureuse, elle était en vie. Elle skiait, elle prenait du plaisir, elle s'attaquait aux pistes rouges et noires et après ses exploits, elle nous racontait et bien sûr que c'étaient des exploits pour moi qui l'écoutais comme un enfant absorbe un conte. Au fur et à mesure de ces vacances, même si mon père n'était pas dans son élément, quelque chose se passait. On se liait tous les trois, on jouait à des jeux de société jusqu'à pas d'heure, les jambes fourbues, les pieds enflés, mon père cuisinait des fondues, il achetait des tonnes de gruyère, de comté et de fontina. Et pendant qu'on skiait, il préparait les repas, louait des VHS pour le soir, inventait des gages pour celui qui égarait son morceau de pain dans la lave douce et crépitante du fromage et avant tout ça, mon père était un père, je l'avais complètement oublié, mon père était pas toujours présent mais il était « là », il était de mauvaise foi, il nous emmenait au cinéma et en voyage, il rouspétait dans le vide, il racontait toujours les mêmes anecdotes et il faisait des blagues nulles qui finissaient par nous faire rire sans pouvoir nous arrêter.

Et aujourd'hui, malgré les erreurs commises, les absences répétées, sa désertion parachevée, je me demande, sans les peines de prison attribuées à mon père par les derniers souvenirs de ma mémoire, si je n'ai pas adoré marcher des heures à ses côtés sous le soleil de La Réunion, pas adoré la petite cabine du ferry qui sentait le renfermé et les pieds, pas adoré Belle-Île et le fou rire monumental face à mon père démuni de toute solution, avec sa ventouse au bout du bras et son visage ahuri, pas adoré les îles de mon père autant que ses lubies, ses rêveries, ses caprices, ses décisions, ses destinations, autant que j'ai aimé les pistes cabossées de ma mère, l'altitude et la vitesse, la neige froide et les chocolats chauds des chalets de bois et finalement, alors que William est loin au moment où j'entreprends ce voyage dans le temps, regardant son père probablement en pleine dégustation d'une moules-frites ou râlant contre la note salée ou la lenteur du service, si mon enfance imparfaite mais vivante ne s'est pas arrêtée là-bas, au pied du piton des Neiges, sur un sentier traversé de plantes tropicales ou au cœur d'une piscine à boules face à mes parents qui me regardaient d'un air attendri, trinquant l'un et l'autre à nos nouvelles vacances.

LET'S GET PHYSICAL

Ma mère est redescendue de ses skis et moi aussi. Mais depuis j'ai accompagné Andrea chez Fitness Extrem, une salle de sport sans prétention au fin fond de Paramé. Pour tout dire, j'avais une flemme monstrueuse mais il fallait m'occuper l'esprit pendant l'absence de William sur son mont de granit.

Andrea était ravi de m'emmener à la salle et sur place j'étais finalement pas contre essayer deux-trois machines et m'imaginer avec le corps huileux d'un chanteur de boys band. Toutefois j'ai vite ravalé mon envie, tout ici sentait le plastique chaud et la sueur froide et l'ambiance m'a rappelé celle des classes de sport, ces heures maudites de gymnase, la frime des vestiaires, la constitution des équipes avec toujours le matheux incapable et boutonneux et le garçon efféminé appelé en dernier, non pas parce que c'était cliché, mais parce que c'est universellement vrai.

Dans la salle aux vitres salies par la bruine, des types planqués derrière leur équipement se jaugeaient l'air de rien et s'observaient dans le miroir en bombant le torse. J'ai demandé à Andrea s'il vérifiait aussi la taille de ses triceps dans la glace et il m'a dit tu sais quoi, oui peut-être parfois. J'étais déçu de sa réponse. Puis Andrea m'a dit de zieuter discrètement à ma droite. S'y tenait un mec au visage slave, un air russe et méchant dans le regard, et mon oncle m'a dit, lui dès qu'il a fini une petite série, il gonfle ses muscles devant le miroir en souriant, j'ai toujours envie de lui donner des baffes. Sur le coup, la mesquinerie d'Andrea m'a fait plaisir. J'ai immédiatement compris que c'était de famille.

Andrea et moi nous sommes installés près des bancs du développé couché et ici tout le monde aime normalement faire du développé couché, me disait mon oncle, rien de tel pour les pectoraux qu'il disait, et plus il parlait, plus je regardais le banc, les disques et la barre scintillante, menaçante comme une épée de Damoclès et pour rien au monde j'aurais essayé. Face aux machines puissantes et aux muscles congestionnés des sportifs, j'avais l'impression d'explorer un monde. J'avais l'illusion nette de pénétrer dans un documentaire sur les risques et les vicissitudes du body-building. Les machines ici faisaient peine à voir, même moi je voyais qu'elles étaient vieilles, que la peinture se décollait aux extrémités, mais Andrea défendait Jean-Phi, le propriétaire de Fitness Extrem. Il avait monté sa boîte avec sa sœur, elle était morte d'une tumeur il y avait deux ans et Jean-Phi malgré les finances qui périclitaient s'était toujours accroché. Il avait tenu la boutique du mieux qu'il pouvait, il préparait des séances de coaching, il faisait venir des profs de zumba et de danse africaine pour les mères de famille. Jean-Phi n'avait pas les moyens des équipements high-tech et des machines hors de prix, mais il s'arrangeait toujours pour que l'ambiance reste au beau fixe, il y avait toujours de la musique ici, des crêpes pour Mardi gras et la galette des Rois que personne ne touchait, les gens venaient se dépenser et non pour se goinfrer, mais moi, face à la grande cage en fer d'où des types se suspendaient, une part de frangipane, j'aurais pas dit non.

Andrea a commencé sa séance. Il m'expliquait travailler ses épaules avec haltères, élévations latérales, développé militaire et oiseau. Je lui ai demandé de répéter, oiseau, il a répété, et mon oncle s'est exécuté, dos cambré, les bras s'en allant en arrière comme un moineau prêt à s'envoler. Bien sûr j'espérais un cui-cui dans sa bouche, un petit bruit rigolo mais Andrea n'en a rien fait, concentré, visage glissé, yeux fixés dans le vide, la bouche bien fermée, contrairement au type devant nous qui poussait des râles orgasmiques à chaque exercice comme Monica Seles, la joueuse de tennis. En fin d'exercice, dans la dernière ligne droite de sa poussée, le type a fini par lâcher un volumineux *salope* adressé à qui, à l'effort ou à la machine, et surpris je me suis retourné pour savoir si j'avais bien entendu et Andrea m'a confirmé qu'il lançait toujours des insanités. Cette salle me plaisait de plus en plus.

Une femme était là aussi. Ses mollets faisaient mes bras. Elle avait un tee-shirt blanc et un legging noir et tous les mecs la reluquaient plus ou moins discrètement comme un gibier. La femme affairée à son tapis n'en avait cure, elle faisait des figures au sol, des exercices de renforcement musculaire, parfois elle mettait ses pieds dans deux petits cerceaux en bois reliés à une barre et elle se laissait hisser, comme si son corps s'élevait au ciel. J'aimais bien regarder cette femme mais je ne voulais pas donner l'impression que je la matais vulgairement comme les autres, alors j'ai pris mon courage à deux mains et mon tee-shirt relevé aux épaules et suis allé tester les machines.

Une petite demi-heure, j'ai fait des curls et puis des dips et d'autres noms qu'on aurait inventés pour une publicité de gâteaux apéritifs. À force d'exercices, je me sentais bien, l'endorphine me gagnait, j'avais l'impression de planer à quinze mille comme la gymnaste au legging. Andrea près de moi s'acharnait sur ses épaules, une corde dans chaque main qu'il croisait. J'ai continué mon petit tour. Andrea me disait d'aller tester la machine aux abdos et je ne me suis pas fait prier. Près de moi, deux vieilles étaient assises sur les machines aux adducteurs/abducteurs, elles pliaient et dépliaient les jambes en bavardant et j'aimais bien les voir à l'œuvre comme sur un banc public. Quand Andrea m'a conseillé de tester la presse à cuisses, tu verras, c'est dément, ça foudroie comme il faut, j'ai ri d'un éclat franc, une presse à cuisses, vraiment, oui c'est le nom pourquoi, on dirait un truc pour jus d'orange et Andrea m'a dit arrête de jouer au con et transpire un peu.

Andreas s'entraînait depuis plus d'une heure quand après avoir tout testé, je me suis extirpé de là, trouvant refuge dans l'espace cardio, entouré de vélos, d'elliptiques et de tapis de course. J'ai dit à Andrea que j'allais courir, il m'a dit de faire gaffe, j'avais pas les bonnes chaussures pour ça et j'ai dit t'inquiète comme si la course, ça me connaissait. En vérité, je n'en ai rien fait. Je me suis contenté de regarder le spectacle des sprinteurs immobiles qui transpiraient du front et regardaient droit devant eux, face au mur blanchâtre sans décoration, comme si c'était la mer qui défilait. Dans le coin, j'ai repéré une table électrique de massage comme celles que les animatrices promeuvent dans les émissions de télé-achat et ni une ni deux j'ai défait mes chaussures, j'ai laissé les boules me frictionner de haut en bas.

Et ça va la vie, tranquille ? Andrea venait de me prendre en flagrant délit de farniente. Sa serviette autour du cou comme un coach de Beverly Hills, le rouge aux joues, les cheveux brillants, mon oncle se gaussait et pour me défendre, j'ai dit t'as raison, impossible de courir avec ces chaussures, et Andrea a ri. Il m'a dit pousse-toi de cette machine, laisse-moi essayer. Andrea s'est allongé, j'ai programmé le niveau au cran maximal pour le faire douiller et Andrea poussait des oh et des ah plaintifs pendant que les boules le torturaient. J'ai regardé mon oncle prendre du répit, il disait mais c'est génial, j'aurais dû essayer avant, c'est limite mieux qu'un massage thaï et avant qu'il me raconte des heures l'incroyable voyage en Thaïlande de ses vingt-cinq ans, j'ai regardé mon oncle comme un fils regarde son parent et alors qu'il était allongé, les yeux clos, en pleine relâche, j'ai senti en moi une force m'auréoler, une suture à jamais cadenassée, un de ces liens invincibles de famille que je pensais sortis depuis longtemps de mon organisme.

JOHNNY, JOHNNY, COME HOME

Ma mère rentre demain à la maison et moi je m'apprête à découcher. Je vais passer la nuit à l'hôtel comme dans les romans romantiques. Gêné, je pensais que William me faisait une blague quand il m'a invité. Mais de retour sur nos terres, William était impatient, il avait pensé à son invitation tout le week-end. Il me répétait qu'il ne nous restait plus beaucoup de temps, comme si, sur son mont de granit, il avait mesuré ça comme une évidence, comme une fatalité, et immédiatement je nous ai vus comme deux patients en phase terminale, deux malades à l'agonie, en lutte l'un et l'autre pour leur dernier combat.

William avait raison, le temps se raréfiait. On pouvait compter les journées de plage sur les doigts et bientôt il ne resterait plus que le pouce. En vérité, son invitation tombait mal. J'étais chamboulé. Quand Andrea m'a annoncé que ma mère était prête à rentrer, j'ai eu des palpitations. Andrea m'en disait le moins possible et je nageais dans le flou. Si ma mère était de retour au bercail, c'est qu'elle allait mieux, c'est qu'elle était guérie, réparée, remise sur pied comme une vieille table retapée. Mais les choses étaient plus compliquées. Mon oncle me laissait entendre qu'elle était au repos, veillée par du personnel à domicile, en convalescence. Il adorait ce mot, convalescence, qu'il répétait à l'envi. Comme si ma mère était une skieuse olympique en plein rétablissement dans son lit après une chute terrible. Je crois qu'il y avait de ça pourtant. Ma mère était un lait sur le feu, un lait qui devait chauffer lentement, sans brûler le fond de la casserole, sans dégueuler hors du récipient.

J'étais inquiet de savoir ma mère chez nous. Je la visualisais dans le salon sur le carrelage froid à regarder les tableaux fleuris aux murs et les rideaux jacquard. J'étais convaincu qu'une catastrophe allait arriver, que ma mère face à tous nos objets allait perdre à nouveau pied, que les tapis, les boutis, les bibelots allaient par un étrange maléfice s'animer, engluer, recouvrir, aspirer ma mère, la faire disparaître dans les sables mouvants du passé. Je me faisais des idées, mais je manquais de sérénité. Car au fond, j'étais fébrile à l'idée de savoir ma mère seule dans la grande maison, libre de ses mouvements, à même de ses volontés, quand par le passé il me fallait être présent toujours, pour limiter les dégâts, encadrer, chaperonner, surveiller ma mère comme un nourrisson se dirigeant lentement mais sûrement vers les escaliers. Je n'étais plus là et cette vérité me terrassait. Sans ma présence, ma mère pouvait à nouveau dégringoler les marches de l'escalier, s'endormir dans son bain, près du feu de cheminée ou sur la table de la cuisine, le nez dans le cendrier. Je n'étais plus là pour l'assister ou l'actionner, lui redonner vie ou la border. À loisir et à l'abri, ma mère pouvait se blesser ou ne plus jamais se réveiller.

Andrea disait que ma mère demandait après moi. Il continuait à tout lui raconter. Parfois j'entendais certaines bribes, Andrea qui prenait une voix de guide touristique et qui par téléphone faisait la recension de mes exploits et de mes exploits, tu parles, des siestes sur le sable, des promenades à vélo, on était loin des vacances de l'extrême. Mais Andrea tenait à montrer que je vivais mon meilleur été, c'était sûrement vrai. C'était important pour ma mère de l'entendre, de se dire que sa tentative de suicide n'avait laissé aucune trace, aucune cicatrice, aucune image et Andrea sans doute ignorait mes pensées hagardes et mes interminables cauchemars.

Je ne parlais à personne de mes idées noires. De mes lubies la nuit qui m'assaillaient et dans lesquelles tout se mélangeait. L'ivresse de ma mère, les écarts de mon père, les fêtes trop bruyantes sous ma chambre, les mains perverses de Romain qui s'en allaient sur moi, les plantes du salon qui jaunissaient, la vaisselle qui s'entassait, les mots injustes de ma mère avide de m'écraser dans son petit poing esseulé. Et ses regards surtout qui me hantaient, qui étaient comme des murs, des tapisseries immobiles dans mes nuits endormies, ses regards qui de mois en mois s'attristaient, s'assombrissaient, se vidaient de leur éclat comme d'une eau pâle. Quel intérêt d'en parler, de ressasser le passé, de faire pleurer dans les chaumières. J'étais persuadé que si je parlais de mes cauchemars, ils ne feraient que prendre de la place. J'étais solidement convaincu que plus je les taisais, plus les cauchemars étaient condamnés à s'effacer, se dissoudre dans l'acidité de mon cerveau, voués à n'être qu'un mauvais souvenir, une passade de famille, un accroc de l'existence et c'est pour ça que j'ai dit oui, oui à William, pour la nuit dans sa chambre d'hôtel. C'était gênant mais c'était d'accord. Je serais là à 20 heures, j'apporterais mon pyjama, des Têtes Brûlées, mes affaires de rechange, mon sourire et mon optimisme, et derrière moi, dans le baluchon que je préparais mentalement pour retrouver William, dans ma tête qui cramait comme ces bonbons qui arrachent les papilles, je laisserais volontiers les cauchemars.

OH MY LOVER

Ma mère s'endort dans son lit et je m'endors dans une literie king-size. J'ai passé la nuit avec William et mon Anglais avait tout prévu. Le pique-nique au parc au petit soir, la nuit à l'hôtel comme dans les films qu'il m'a dit, et moi je n'avais jamais vu de film comme ça, des films avec hôtel, bougie, panier en osier et coupelles de cerises, mais peut-être que William était plus cinéphile.

William m'a donné rendez-vous dans le lobby de son hôtel. J'étais anxieux à l'idée de croiser ses parents entre la piscine et le bar à cocktails. William m'avait certifié que ses parents et son frère étaient en vadrouille à une quinzaine de kilomètres et William qui tout l'été n'avait pris aucun risque, toujours vigilant à l'idée de séparer sa vie de famille du reste, semblait tranquille. Il tenait à profiter des derniers instants, quitte à dormir ensemble, à quelques chambres de celles de son frère et ses parents. Je ne pouvais pas me retirer de l'esprit l'idée que c'était bizarre. Cet après-midi-là, mon Anglais m'attendait dans un de ces fauteuils design qui trônaient au milieu du lobby. L'endroit était chic.

Des murs revêtus de bois sombre et de panneaux en marbre, des tapis et des lustres imposants, des colonnes décoratives et des installations artistiques étranges en forme de chien et de toupies. Partout régnait une lumière douce et feutrée, une lumière de riche qui n'existe nulle part ailleurs, une lumière belle et hautaine qui s'ouvrait face à la mer, elle si calme vue d'ici, une mer mise sous écrin, protégée, sans le bruit des rouleaux et le sifflement aigu du vent, comme l'eau inoffensive d'un bocal.

Derrière un guichet verni, une dame au chignon serré m'a regardé entrer. Je ne savais pas s'il fallait me présenter, demander après William, demander le numéro de sa chambre que j'ignorais comme j'ignorais, je le réalisais à cet instant, jusqu'à son nom de famille et d'un coup, je me suis senti intrus, petite tache au milieu de ce tableau parfait placardé sous les lustres de luxe. Avant que j'aie à affronter la standardiste, William m'a intercepté. L'employée n'en a pas fait cas, son nez fourré dans ses registres, prête à tout pour contenter ses clients fortunés. Une main tiède dans la nuque, William m'a dit fais pas cette tête, on dirait que tu t'es pissé dessus et c'est vrai que je me sentais incommodé. William, lui, était dans son élément et je trouvais vexant qu'il m'en parle, qu'il souligne mon embarras, alors que je faisais l'effort de ma présence, parmi les lumières arrogantes et les colonnes ridicules.

William m'a pris brutalement la main. On est sortis de l'hôtel de luxe en cavalant et après avoir éternué plusieurs fois sous le soleil qui tapait, William m'a dit c'est par là, suis-moi. Je n'ai pas compris tout de suite, ma tête devait afficher un air ahuri et William ricanait, tu croyais vraiment qu'on allait dormir dans la chambre attenante à celle de mes parents ? T'es malade ou quoi ? Je n'ai pas commenté, au lieu de ça je suis entré dans son jeu et j'ai dit monsieur connaît le mot attenant, monsieur fait des progrès. Pour me punir de ma provocation, William m'a serré la main, ses doigts se sont enfoncés dans les miens comme des griffes de rapace et j'ai aimé ça. Dans la rue, William avait l'air tracassé. Comme s'il fuyait une situation ou un danger. En prenant les petites venelles sans histoires derrière l'hôtel, il me disait c'est par là, juste par là, je demandais c'est par là quoi et William répliquait tu verras, arrête d'être impatient comme ça.

Devant la porte d'un hôtel deux étoiles, William a stoppé net sa course. Il m'a lancé un regard qui disait tu peux entrer maintenant et immobile, je restais bêtement devant la porte bleue. William m'a confié qu'il voulait que cette nuit soit à part, si bien qu'il avait réservé une chambre dans un petit hôtel loin de sa famille et d'un coup je me suis demandé si William n'était pas l'hologramme parfait du garçon idéal. J'ai fini par monter les trois marches en pierre et suis entré. L'endroit me plaisait. Bien plus que le grand hôtel qui accueillait les mondains parisiens et les sirs anglais. Il ressemblait à un hôtel de conte, une petite auberge dans laquelle des coquillages, des étoiles de mer, des cordes marines dansaient, accrochés aux murs. Je me sentais bien, sans l'impression d'être un pion de trop. Dans l'entrée, une dame nous a accueillis d'un sourire modeste. Elle avait un accent étranger, je crois qu'elle venait des Pays-Bas, et plus tard, elle nous a raconté qu'elle et son mari avaient acheté cette auberge à leur retraite, loin de leur vie à Amsterdam.

Notre chambre était à l'image du reste, petite et foutraque. Il y avait un lit encadré de deux bouées, un grand tableau qui mettait en scène des bateaux de pêche, deux jolis fauteuils en rotin, des rideaux en lin et un bureau sur lequel étaient posées des jumelles anciennes et une lanterne en cuivre. Plus étonnant, près de la fenêtre, un petit hamac tissé était tendu pour lire et contempler la vue. J'aimais tout de cette chambre et surtout la vue lointaine sur la mer. William semblait apaisé, comme s'il s'était mis à l'abri. Mais je sentais une nervosité latente, une histoire de plus qu'il n'était pas prêt à me raconter.

Devant moi, William a retiré son tee-shirt, la chambre sous les toits était chaude. Il a ouvert la vitre, dévisagé le soleil au-dessus en éternuant avant de s'allonger sur le lit. Je lui ai demandé s'il voulait un mouchoir et il m'a dit pourquoi faire ? Tous tes éternuements depuis le début de l'été, j'ai répondu, tu traînes un vieux rhume. À moitié nu face à moi, William a ri comme un enfant. Il avait oublié de me raconter, me disait-il. Il était né avec un syndrome. Un syndrome qui le faisait éternuer dès qu'il s'exposait frontalement à la lumière. On appelait ça le Atchoum syndrome. Bien sûr, je n'ai pas cru à son histoire. Je me disais que c'était encore une broutille de sa part. Atchoum syndrome, arrête ça. D'un regard espiègle, William a insisté. Pas Atchoum syndrome, Achoo syndrome. Dès que je quitte un endroit fermé, j'éternue. J'étais dubitatif, faut dire que William affichait souvent cet air impénétrable d'espion, et sur le lit face à lui, je prenais conscience que je ne distinguais jamais les mensonges de William de ses vérités. J'aimais un garçon comme j'aimais une énigme.

Depuis la fête foraine, j'avais patiemment attendu que William me parle, il avait simplement enterré l'histoire. Ce jour-là dans la chambre marine, j'ai abdiqué. C'était une belle journée et je ne voulais rien gâcher. Tout l'après-midi, le soleil est entré dans la pièce comme un voleur. Un rayon éclairait les draps blancs comme un projecteur. William et moi étions allongés, chauffés par la lumière. Après avoir fait l'amour, la fenêtre ouverte, dans le vacarme tout près des gens et des mouettes, on est restés immobiles, paralysés par le soleil, dans les draps sur lesquels nos jambes trempées de sueur glissaient. Nos corps enchevêtrés comme un géant casse-tête, nous n'avons rien fait de plus. William a attrapé le walkman qui dormait au fond de mon sac, il a appuyé sur *play*. Nos têtes rapprochées sur l'un des oreillers, William a posé le casque au milieu et dans la musique, lui et moi nous sommes concentrés. Le vacarme disparaissait. J'étais fébrile pourtant, William était en train d'écouter ma cassette en cours de compilation et c'était comme s'il pénétrait mon jardin secret, piétinait mes derniers bosquets intimes, pillait mes ultimes pensées. Toute la journée, nous avons roupillé dans les bras de Patti Smith, des Go-Go's, Pat Benatar, Nick Cave et Nirvana. Entre deux sons, William disait que j'avais bon goût et je me sentais validé. Quand *Oh My Lover* a commencé, il m'a demandé c'est qui ça, j'adore, on dirait une sorcière, j'ai répondu que c'était PJ Harvey et les paroles divinatoires nous racontaient.

Oh, my sweet thing, oh, my honey thighs
give me your troubles, I'll keep them with mine.
Take at your leisure, take whatever you can find but
Oh, my sweet thing, don't you know it's all right?
It's all right.
It's all right.
There's no time[1].

En boucle, j'ai réécouté *Oh My Lover* en rentrant sur mon vélo le lendemain matin. J'avais les cheveux en épis, les mains lourdes de toutes ces caresses de nuit. Incapable de me doucher, refusant d'éradiquer l'odeur qu'on avait créée, je suis parti sans rien manger, alors que William me répétait qu'on avait droit au petit déjeuner. Il avait payé la formule continentale et ça voulait dire quoi continentale, lui et moi on se demandait, mais j'avais pas faim, je voulais rester intact, je voulais laisser mon ventre en l'état, gonflé par le désir de William à mon endroit.

En rentrant, j'ai allumé l'ordinateur d'Andrea. J'ai tapé les mots Achoo syndrome sur la barre de Google. Et j'ai lu. Le syndrome ACHOO (*Autosomal dominant Compelling Helio-Ophthalmic Outburst*) appelé aussi réflexe photo-sternutatoire est un phénomène physiologique consistant pour le sujet à éternuer lorsqu'il est exposé à une forte lumière. Oh mon lover n'avait pas menti et une larme sur mon visage s'est mise à couler.

1. Oh ma douce, Oh tes cuisses chéries / Donne-moi tes soucis, je les mettrai avec les miens. / Prends tant que tu veux, prends tout ce que tu peux mais / Oh, ma douce, tu sais que ce n'est pas grave ? / Le temps presse.

LIGHT MY FIRE

Ma mère est un feu surveillé et au loin le paysage s'est enflammé. On était à vélo avec William à pédaler aussi fort que nos mollets le pouvaient. On voulait profiter de la verdure une dernière fois, avant la plage prévue samedi comme un au revoir. William avait loué un vélo municipal et lui et moi faisions la course sur les chemins sinueux derrière la ville. À cette course, William gagnait et ça m'enrageait, j'étais pourtant passé expert en bicyclette depuis deux mois. À bout de souffle, je faisais croire à mon Anglais que je lui cédais une longueur d'avance comme un cadeau de départ mais la vérité était que ses années d'athlétisme le rendaient plus endurant que moi.

Comme un parent dévoué, William m'attendait au sommet de chaque pente. Il me souriait, me tendait la gourde d'eau, me disant *keep up the good work, partner!* William était heureux de s'activer les cuissots. Il disait que le sport lui manquait, il n'en avait pas fait depuis une année et quand je lui ai demandé pourquoi, il m'a dit la vie, les choix, de façon mystérieuse.

Avec William, il nous restait deux journées avant qu'il reparte à Leeds. Là-bas, les cours reprenaient plus tôt et son père devait rattraper son retard. Sa boîte de consulting avait tourné sans lui et il était temps que le big boss reprenne les rênes, affirmait mon Anglais d'un ton qui trahissait sa fierté. William parlait toujours avec admiration de ses parents mais surtout de sa mère qu'il adorait et chaque fois, ça me faisait penser à la mienne. William et elle étaient complices. Ils avaient des créneaux réservés chaque semaine, des activités, le squash, les expos, les balades dans le Yorkshire parmi les maisons géorgiennes et William savait qu'il était l'enfant préféré, il disait que c'était comme ça, dans la vie tout le monde a des préférés et Paul le grand frère s'en foutait, il préférait s'intéresser aux filles et aux soirées.

À mesure que les paysages défilaient, je prenais des photos de William sur sa selle tandis qu'il continuait à me raconter sa vie projetée en grand écran sur le chemin goudronné. J'imaginais sa mère petite mais coquette, toujours parfumée, à boire le thé comme le font tous les Anglais et bizarrement, parce que la mienne me hantait, j'imaginais ses deux yeux tristes sur le reflet de sa tasse d'earl grey.

À vélo, nous sommes partis de la plage de Cancale et sans relâche nous avons passé le village, le marché aux huîtres, l'église de Saint-Méen et la fontaine des laveuses. Arrivés à la pointe de la Roche froide, nous avons repris des forces en admirant Saint-Coulomb et la pointe du Groin mais à l'est, une fumée épaisse s'incrustait dans le paysage. On aurait dit une colonne de ciment, disait William intrigué. Nous avons repris la route et plus nous pédalions, plus la colonne s'approchait. Le vent s'était levé. Il fallait pousser plus fort sur les pédales, les cheveux bouclés de William masquaient son visage, il ne restait que quelques kilomètres avant notre arrivée aux Thermes. Comme moi, William était appelé par la fumée qui ne cessait de s'épaissir. L'air se densifiait et tandis qu'on pédalait, des cendres minuscules et des particules de suie nous venaient à la bouche. Alors William et moi dans le bruit des sirènes nous sommes dirigés vers la colonne.

Le feu s'était déclaré là-bas, dans un hameau isolé boudé par les touristes, à l'extrémité de ce chemin étroit de mauvaises herbes, au bout duquel s'établissait un modeste corps de ferme. La propriété comportait une laiterie, un vieil établi, deux granges à bestiaux, une maison d'habitation à la cheminée en tuiles et une cour pavée. Les vélos lâchés dans les orties, on ne distinguait plus que les ardoises de la maison étouffées par la brume. William regardait la scène avec inquiétude, sa main empoignait son avant-bras comme les serres d'un oiseau de proie. La charpente des granges flambait comme une torche et une conduite cassée laissait couler un flot d'eau sur l'herbe de la prairie.

Interdiction d'approcher et de voir plus près, les quelques riverains du hameau et nous étions tenus à distance par un des pompiers qui encadraient le périmètre. Cinq minutes plus tard, un large pan de façade s'est effondré. William était debout, terrifié. Les riverains ne cessaient de se demander si le vieux

Yannick était dans la bâtisse, à cette heure il est au marché aux huîtres, c'est sûr que oui, il va bientôt rentrer, pauvre Yannick.

Il faisait une chaleur insoutenable le long du sentier mais William et moi sommes restés là, paralysés par le spectacle. Il a fallu deux heures aux pompiers pour maîtriser le feu qui couvait. Les étables et les granges étaient arrosées d'eau en continu, mais la scène était un gribouillis d'encre. Un tas de fumier au loin avait été épargné par l'incendie et par chance les bovins étaient dans le champ, les riverains répétaient. Devant, trois équipes se relayaient et attendaient des renforts. Quand deux pompiers sont sortis de la maison, une bâche blanche est apparue au bord de la cour et les deux voisines se sont époumonées d'une voix catastrophée, c'est Yannick, c'est ce pauvre Yannick, il n'était pas au marché ! L'une d'elles s'est mise à pleurer.

Devant et derrière nous, des camions arrivaient puis une voiture de police et une berline noire d'où un homme à chemise s'est extirpé. Les riverains disaient que c'était M. Gasdoué, le procureur du coin. L'incendie avait tout l'air d'être criminel, se chuchotaient-ils, quelqu'un en voulait-il à Yannick ? Entre les jambes des flics, un chien rôdait. Il reniflait le sol dallé, c'était un chien d'élite spécialisé dans les produits inflammables, la voisine le savait, elle avait vu ça à la télé. Tous semblaient médusés et voulaient en savoir plus. Mais le procureur a fait signe dans notre direction et deux képis se sont avancés et nous ont ordonné de nous éloigner. C'était une scène de police, il fallait déguerpir.

Sans avoir le choix, William et moi avons repris notre vélo. Même les poignées en caoutchouc étaient ardentes. William a ouvert la voie, il pédalait doucement en se retournant de temps à autre sur la ferme incendiée. Il était concentré, la mine défaite. Quand on a retrouvé la voie cyclable qui longeait le littoral, William s'est arrêté brusquement. Il m'a dit, je sais qui a fait ça et je n'ai pas compris tout de suite.

William a répété, les yeux révulsés :

– Je sais qui a fait ça. Je sais qui a mis le feu à la ferme. C'est eux. C'est les teufeurs.

J'ai répété que je ne comprenais pas, comment pouvait-il le savoir et William m'a avoué :

– Je le sais car ils m'en ont parlé.

LA BOMBE HUMAINE

Ma mère est un secret et William aussi. Je l'ai quitté après la rando à vélo et William ne disait plus un mot après son aveu. Abasourdi, j'ai voulu en savoir plus sur la bande des teufeurs. J'ai insisté cette fois, je n'allais sûrement pas rentrer. William est resté laconique et ça m'agaçait. Il s'est contenté de me dire qu'il était désolé, choqué, qu'il avait du mal à parler. Puis il m'a lâché qu'il avait passé quelques soirées avec eux. Il était allé les voir par curiosité, quand il flânait parfois sur le port après sa glace du soir, et rien que d'imaginer la scène, un frisson m'a pris, un frisson qui me disait qu'en fait je ne savais rien de mon Anglais.

J'ai continué de questionner William qui évitait chaque sujet, chaque énigme, seulement affirmait-il qu'il était désolé, qu'il ne fallait pas s'inquiéter mais que là, il devait rejoindre son grand frère pour acheter un cadeau d'anniversaire à leur mère. J'ai répété cinq minutes s'il te plaît, c'est important, juste cinq minutes, et William m'a dit demain promis, je te raconte tout avant de partir d'ici, et sa silhouette s'en est allée comme la première fois sur la plage parmi les arbres sans tête.

À mon tour, j'ai repris la route pour rentrer chez Andrea et je pédalais avec léthargie comme si tout mon corps était criblé de crampes et dans ma démarche lente et empêchée, je me disais que dos au mur, William allait se volatiliser, que notre dernière soirée n'allait jamais arriver, qu'il y avait des chances que William disparaisse de ma vie comme il y était entré. J'ai rangé le vélo dans le garage et mes doutes sont devenus des convictions. Au fond, je le savais, je n'allais jamais revoir William. Je n'allais jamais comprendre ce qui s'était passé. Face aux étagères de vivres, une rage m'a pris. J'avais envie de tout jeter, tout pulvériser, renverser les outils qui traînaient sur l'établi, casser les pots de citrons confits, les bouteilles de lait, la vieille porcelaine d'Annie que mon oncle entreposait, mais il est descendu au même moment.

– Ils ont dit oui, j'y crois pas, c'est génial, je suis inscrit officiellement au concours du jeune boulanger !

Et ma rage a été aspirée par la joie d'Andrea qui irradiait dans la pièce.

Andrea partait travailler et pour une fois, il m'a proposé de le suivre. Sans réfléchir, j'ai dit oui. C'était la première fois que je visitais sa boulangerie qui pour mon oncle était son espace, son atelier, sa chambre comme son intimité, et le voir m'ouvrir la porte de sa boutique, me présenter à Julia son employée aux cheveux teints en rose derrière le comptoir éclairé de pâtisseries, c'était un signe de confiance, une façon de me dire que semaine après semaine, lui et moi nous étions apprivoisés.

Andrea était heureux de retourner au charbon. Pour le concours, il avait du pain sur la planche, disait-il en riant. Dans l'arrière-boutique, il se préparait à l'examen, révisait ses acquis pour la confection des pains de campagne ainsi que pour les viennoiseries courantes. Mais on attendait de lui une création boulangère salée sous forme de tartines, et un pain décoré sur le thème du voyage, pas une mince affaire me racontait Andrea, ce pain était à confectionner à partir d'un poids de pâte levée de deux kilos minimum et prélevée sur une des pétrissées précédentes.

Quand Andrea me décrivait ses tâches, je ne percevais qu'un drôle de langage mais je me sentais privilégié. Pédagogue, il me montrait chaque machine, le pétrin qui permet la pâte, les fours, les batteurs pour les garnitures et les crèmes, la lampe UV ou à infrarouges, la diviseuse-bouleuse, la façonneuse aussi qui dessine le corps des baguettes ou des pains ronds, le fermenteur qui aide le pain à lever ainsi que le laminoir, cette espèce d'engin métallique et tranché qui ressemble à un instrument de torture du Moyen Âge.

Plus Andrea me désignait ses instruments comme ses espaces de stockage, son espace de refroidissement, sa chambre de fermentation, plus j'étais fasciné. Pour ne pas déranger mon oncle, je l'ai laissé travailler. Je l'ai regardé faire, tout petit que je m'étais fait. La mine pleine de farine, les mains travailleuses, les coudes en appui, Andrea paraissait comme un artiste, un peintre minutieux qui choisissait chaque nuance et j'étais heureux d'être avec lui, heureux de le connaître, heureux de ce moment partagé, alors j'ai sorti mon jetable de ma poche, et sans qu'il le voie, le nez dans sa farine, j'ai regardé dans l'optique, avancé la roulette du doigt, appuyé sur le bouton qui fait *clic* et comme une détonation en moi, la photo maintenant prise, je me suis demandé finalement, lorsque je repartirais chez moi, si quitter Andrea n'allait pas être plus difficile que de quitter William.

ALTER EGO

Ma mère est tout près et j'ai revu William une dernière fois. Finalement, il m'attendait sous la voûte des goélands qui de concert piaillaient. En le voyant au loin, son corps incliné face à ses genoux, ses mains dans les poches, je m'en suis voulu d'avoir douté de sa loyauté et tandis que je marchais vers lui, le cœur battant, une de ses paroles m'est revenue. C'était au lendemain de la fête foraine quand je lui avais dit que je l'aimais mais que j'étais terrifié de voir l'été se terminer. William m'avait regardé, ses yeux ressemblaient au soulagement et il m'avait dit :

– Tu sais, on ne se débarrasse jamais de l'amour.

William avait eu raison sur toute la ligne. J'étais heureux de le voir à l'horizon, son dos immense de lémurien, ses yeux si allongés qu'on aurait dit deux traits de bande dessinée. Subitement, j'avais envie de tout oublier, les secrets, la ferme incendiée, tout ce que William refusait de me dévoiler. Pour ces dernières heures, je voulais seulement profiter, nager comme on l'avait tant fait, retourner une dernière fois chez la dame manger une glace, errer dans les rues, regarder les nuques devant nous et les étoiles au-dessus, tenir sa main fermement comme un bijou et une fois le dos tourné au monde entier, sentir sa bouche comme un manteau entier sur mon corps emporté.

Et c'est ce qu'on a fait. Pour les trois heures de soleil qui restaient, on a rejoué notre été, comme une compilation parfaite. William et moi revivions chaque moment. On n'avait pas besoin de se dire grand-chose, l'essentiel on le savait. On a plongé, marché, mangé, on a eu froid, on s'est blottis l'un contre l'autre et le soleil s'est couché et bien sûr que William et moi attentivement l'avons regardé. Dans le vent, nous frissonnions, le corps réclamait un pantalon, et nos membres murmuraient que l'été s'achevait. Mais ce n'était pas encore la fin, pas tout à fait.

Andrea était à Paris pour signer les modalités de son concours et je n'aurais pas rêvé mieux pour notre dernier moment avec William. Comme deux délinquants organisés, on s'est retrouvés à la maison en début de soirée. William avait emmené son sac d'affaires et je n'ai pas compris pourquoi il ne l'avait pas laissé à l'hôtel pour son départ prévu dans la matinée. Sans question, j'ai accueilli William. Il a posé son baluchon dans l'entrée et m'a demandé de lui faire visiter. Il voulait tout voir. Ma chambre, mon espace, le garde-manger, les deux canapés, la véranda.

La porte fermée, on est partis faire un tour sur la petite plage d'en bas, avec ses rochers plats, ses barrières blanches, ses promenades de chiens fatigués tenus en laisse par des couples de retraités. C'était une plage modeste et sans effet, une plage sans arbre sans tête, sans fantôme, sans marée, une plage d'au revoir et ça, je m'y étais préparé. William faisait sans arrêt des grimaces, il s'ébouriffait et de but en blanc, j'ai pris une photo, c'était la vingt-sixième. L'avant-dernière du petit jetable.

En remontant la pente, nous sommes passés par les ruelles résidentielles. Le petit centre commercial avec la banque, le tabac, le Cora déserté de tout teufeur maintenant qu'ils étaient sûrement recherchés, et nous avons commandé une margherita dans le camion à pizza qui prenait racine sur la place. On s'est dépêchés de rentrer pour manger chaud et pendant que je prenais une couverture pour l'herbe, William est allé récupérer le couteau à pain dans la cuisine et au milieu du jardin, il a découpé la pizza. Entre deux parts, je lui ai présenté Caroline et William l'a saluée en disant enchanté le reptile et William était si beau dans la lumière du soir que j'ai pris une photo, la dernière du jetable, ça a fait *clic* une dernière fois et mon ventre s'est serré de savoir que l'été comme la pellicule était enfin terminé.

L'estomac repu, on s'est allongés l'un sur l'autre dans l'herbe sèche du jardin, je craignais que Roger ne nous voie et ne fasse irruption et puis j'ai décidé de m'en ficher, parfaitement installé sur le ventre gonflé de mon Anglais. Avec ses doigts sales, William n'arrêtait pas de trifouiller son oreille, ça le démangeait. Je lui disais de faire gaffe, que ça pouvait s'infecter et alors il replaçait sa main sur moi tel un enfant policé. William s'était fait un piercing dans la boutique aux stickers gothiques, je l'avais accompagné. Il lui manquait cinquante francs et j'avais insisté pour compléter. Cela me faisait plaisir, je tenais à participer. Au début, William voulait se faire un tatouage en souvenir de notre été. Il voulait se faire tatouer le chiffre 98 sur le bras mais il n'avait que dix-sept ans et pas d'autorisation parentale et puis je crois bien qu'il n'était pas un grand fan des aiguilles. Un piercing dans le lobe, c'était facile, rapide, ça prenait une seconde et *tac*, c'était fait. L'anneau lui va bien, faut dire. On dirait un de ces personnages charismatiques dans *Hartley, cœurs à vif*.

Après la pizza, on est rentrés et j'ai mis la télé. William s'est absenté un petit temps sur Internet, il avait des recherches à faire et je l'ai laissé gérer sans m'en soucier. C'était faux car de l'autre côté, je l'attendais. Je voulais profiter de chaque seconde, chaque activité, chaque conversation, chaque souvenir qui allait me rester et peut-être que William était moins déchiré à l'idée de son départ que je l'étais, moi troué de l'intérieur, comme kidnappé. Trente minutes plus tard, William m'a retrouvé sur le canapé, il a changé de chaîne, parce qu'il ne comprenait rien à cette *Carte aux trésors* et ces deux candidats coincés dans leur hélicoptère qui passaient de village en village et répondaient à des questions bizarres. William disait que les émissions françaises étaient plus *weird* que les programmes anglais et je l'ai laissé dire, j'aimais bien la course en hélicoptère de France 3.

Toute la soirée, on a zoné sans rien faire d'autre que d'être à l'autre. On a bu le soda local d'Andrea et mangé des craquelins au beurre salé. William avait pris quelques bières mais il avait la décence de ne pas m'en proposer. Sur le canapé, on se racontait nos meilleurs moments comme un best of improvisé, on s'embrassait, nos tee-shirts retirés servaient d'accoudoir, la télé passait au fond jusqu'à minuit et peu importaient les programmes qui s'enchaînaient, c'était lui mon spectacle. La soirée est passée vite, dans les pixels de l'autre, et tout compte fait, on n'a rien fait de génial sauf que si. On était ensemble. Chaque minute était un loisir.

La nuit était tombée et au lit face aux maquettes qui planaient comme des étoiles, on s'est retrouvés comme sur la plage matinale. Dans le noir complet, nos corps épousés, je distinguais tout pourtant, les fils qui tenaient les avions, le coin des meubles, les motifs de la tapisserie, c'était dire à quel point en deux mois, cette chambre était devenue mienne. Après avoir fait l'amour, William a renoué avec le silence. Il m'a tourné le dos lentement, les draps ont fait un bruit de glissement. Mon Anglais a pris mes deux mains pour se couvrir le torse et il s'est recroquevillé sans rien dire. Je le tenais fort, c'était comme un métier, une responsabilité. Je sentais ses poumons inspirer, expirer et sa jugulaire pulser. Dans le silence, William a senti que c'était le moment, alors il s'est mis à parler.

William a commencé par s'excuser. Dans le noir, il m'a dit pardon. Deux fois. Avant de me raconter son histoire. Il n'y avait jamais eu d'hôtel, jamais eu de virée familiale. William avait menti. Il avait inventé tout un récit. William était seul ici, il n'avait pas de nouvelles de sa famille depuis des lustres. William a marqué un silence et a dit, ma mère n'est plus en vie.

Elle était morte d'une maladie deux ans auparavant et à nouveau le silence. William ne savait pas pourquoi il avait menti. Il n'était rien qu'un fou, disait-il, un type dérangé, mais quand au premier soir il avait commencé à me parler de sa famille sur le phare de l'estacade, c'était un réflexe de survie. Les souvenirs de sa mère s'étaient imposés et de l'imaginer encore en vie, quelques jours, quelques semaines, William avait aimé ça. Il s'était senti insouciant. Il s'était senti comme avant.

Mon corps l'écoutait mais ma tête ne pouvait s'empêcher de refaire l'histoire. Toutes ses paroles inventées, ses promenades en famille, ses buffets de fruits de mer, son week-end au Mont-Saint-Michel et cet hôtel de luxe dans lequel il m'attendait comme un pacha. Tout était flou mais réel. Je repensais au forain qui l'avait maltraité. Désormais je faisais face à cette réalité brumeuse que je connaissais bien parce que toute ma vie en était constituée.

Dans le lit, William s'est excusé à nouveau. C'est grave ce que j'ai fait, c'est n'importe quoi. Il aurait dû m'en parler, il le savait, ne pas s'enfoncer dans son bobard mais plus le temps passait, plus son mensonge l'ensevelissait, plus il peinait à se faire à l'idée, à s'extraire des sables mouvants de ses mensonges, de sa mère morte comme une vérité et je lui ai dit que ce n'était pas grave, moi aussi je connaissais bien la vase des bobards. On était deux menteurs, on s'était bien trouvés.

William se sentait soulagé, ses doigts se sont crochetés aux miens comme ceux d'un escaladeur sur une façade et pour de bon hameçonné, il s'est mis à table. William était arrivé début juin en France. Sans rien dire à personne, il avait pris le bateau. Il était parti de chez lui depuis quasiment un an. Un an d'errance et de flottement. William était parti juste après avoir fait son coming out auprès de son père qui pour seule réponse lui avait dit je crois que tu te trompes, William, ne m'en parle plus jamais. Ce jour-là, William n'avait reçu aucune insulte ni aucun coup, mais il avait eu le sentiment que ces quelques mots avaient été pires encore. Il s'était senti humilié. Il s'était senti méprisé. Réduit à un corps erroné. La phrase de son père avait tourné toute la nuit dans sa tête. Le lendemain, William avait pris son sac à dos, quelques vêtements, sa carte d'identité, ses maigres économies offertes par ses grands-parents gallois et d'un geste facile comme on dit bonjour ou merci, il était parti.

Pendant des mois, William avait vécu de ville en ville comme un vagabond et peut-être que de ville en ville, il l'était devenu. Il avait exploré les alentours, York, Sheffield, Harrogate, Bradford, Huddersfield. William dormait dans des auberges de jeunesse, des parkings de nuit et parfois des lobbies de galeries marchandes laissées sans surveillance. William dormait là où il le pouvait. C'était le début de l'hiver et il n'était pas question d'aller dans la rue comme ces jeunes en fracture sociale. Dans les auberges, William a tout connu. Les douches froides, les puces de lit, les tentatives de vol, les regards louches, les rencontres intimes, une nuit ou deux, avec des touristes australiennes et coréennes qui vadrouillaient comme lui. Dans les auberges bon marché, William se disait qu'il était à l'abri, qu'il était capable de se prendre en main, mais plus les nuits passaient, plus son épargne morflait et plus William s'endormait en s'imaginant bientôt squatter les bancs des stations de bus ou les trottoirs des restaurants.

À Bradford dans un dortoir, un type a essayé de lui piquer sa carte d'identité et son fric que William tenait contre lui, entre son ventre et son tee-shirt, comme il le faisait chaque nuit. Le type a fait du forcing mais William s'est débattu. Le type a fait cogner sa tête contre la rambarde métallique et William a fini inconscient. Au petit jour, il s'est fait réveiller par l'arrivée d'un couple d'Espagnols. Sa carte d'identité était restée dans sa main mais son enveloppe était vide désormais.

En stop, William s'est tiré à Manchester. Sans fric ni personne chez qui aller. C'était sa première nuit dehors. William était terrifié. Posé par terre comme un chien, il avait l'impression que tous les gens le regardaient, les couples qui sortaient de leurs dîners, les groupes de collègues et les supporters de foot qui gueulaient d'hymne en hymne et passaient de pub irlandais en pub irlandais. Cette nuit-là, William a fui la foule et s'est installé à l'abri des regards, derrière un petit supermarché. Il n'a pas fermé l'œil, son sommeil était devenu une travée.

Dans le noir, j'écoutais les voyages de William comme autant de broutilles enfin élucidées. Et peu importait, je le tenais contre moi et sa voix me faisait l'effet d'un baume.

William est resté deux mois à Manchester. Il avait rencontré un groupe de jeunes qui avaient des plans pour aller en France en ferry. Ils disaient que là-bas avec la haute saison et les petits boulots dans les hôtels de la côte, il y avait des sous à se faire. Un matin, William est parti avec eux. Une fois le bateau arrivé à bon port, le groupe a fait cap au Havre. Un plan là-bas les attendait et des raves prévues pour tout l'été. Mais William n'était pas intéressé. Il connaissait la Normandie, il y était allé de nombreuses fois quand sa mère était en vie. William avait toujours voulu retourner à Saint-Malo, c'était la ville préférée de sa mère. Alors il avait marché le long des départementales, le pouce en l'air. Parfois on l'attrapait sur un passage, on lui faisait gagner quelques kilomètres. Au bout de trois jours, il était arrivé.

Avant la France, William avait commencé à faire la manche, à Manchester. Il avait lutté, s'y était refusé longtemps mais avec la faim qui le tenaillait, c'était devenu une nécessité. À Saint-Malo avec sa centaine de pounds, il avait convaincu un commerçant de lui échanger des francs. Vu son air roublard, William n'était pas sûr que la conversion était la bonne mais il s'en fichait. Il s'est trouvé un lit dans une auberge au bout de la ville. Elle était propre, pas si mal fréquentée. Mais la nuit coûtait cher alors parfois, il économisait et dormait sur la plage, parmi les arbres sans tête serrés à ce point les uns contre les autres que personne ne le débusquait.

En quelques semaines, William avait trouvé sa routine. Il lavait son linge dans les douches communales ou derrière le casino, là où les portiers lavent les voitures des clients pour gagner quelques pourboires. William n'avait plus honte, il était devenu un fantôme, une âme errante à qui on accordait parfois quelques besognes, des plonges de taverne, des petits travaux manuels, çà et là des billets de cent francs qui lui permettaient de payer la chambre. Un soir près des remparts, il avait rencontré Jo et le groupe des teufeurs. Ils avaient traîné ensemble quelque temps. Pas souvent, certains soirs, surtout quand William se sentait seul, quand il avait envie de causer et d'oublier le passé. Jo et sa bande avaient été accueillants. Ils lui avaient montré les piaules qu'ils se dégotaient, les moulins et les maisons abandonnées qu'ils squattaient, mais William restait à l'écart. Là-bas, des choses pas nettes se passaient.

C'est avec eux que tu étais pendant les deux jours du Mont-Saint-Michel ? J'ai posé la question de but en blanc, William a hoché la tête. Dans le noir, j'ai senti qu'il avouait.

William avait fait la promesse à Jo qu'il leur donnerait un dernier coup de main. Jo l'avait bien traité. Il l'avait souvent dépanné. Alors ce week-end-là, pendant que je l'imaginais dans les ruelles moyenâgeuses du Mont, William prêtait main-forte aux teufeurs. Le groupe déménageait, il fallait déplacer leurs affaires de campement en campement. Il fallait être discret, Jo était alerte, il parlait nerveusement. William s'est demandé pourquoi l'ambiance s'était ternie à ce point. Les uns et les autres s'adressaient des regards sombres. Quelque chose était en train de se passer. Mais William voulait simplement faire sa part et se tirer.

Quand le corps de ferme a brûlé, William a su que c'était eux. Il les avait entendus parler de cette ferme plusieurs soirées, une vieille habitation qui tenait à peine debout mais dans laquelle vivait un fermier quasi centenaire qui planquait les sous de ses récoltes dans une armoire de sa laiterie. La plupart étaient contre l'idée de voler le vieux, mais Jo savait se montrer persuasif. Alors William a pris ses distances avec le groupe. Il ne voulait pas d'ennuis. Il voulait seulement profiter de son séjour ici, se baigner, se promener, dormir au soleil et penser à celle qui adorait se dorer la pilule quand il était petit.

Depuis l'incendie, William ne dort plus. Il pense à Yannick le fermier, William se sent coupable comme si c'était lui qui avait tenu la torche ou ripé sur le briquet. Il aurait pu empêcher cette histoire, raisonner Jo et le pauvre fermier aurait eu la vie sauve. Hier, William a envoyé un courrier anonyme aux flics. Il a tout balancé. Les discussions, les prénoms des protagonistes. William n'était plus qu'une *fucking snitch*, une balance, mais il s'en foutait, car la prison, c'était tout ce que Jo méritait.

Une heure plus tard, William en avait terminé. Il pleurait, sa voix paraissait hors d'haleine, comme rattrapée soudainement par une voiture en pleine vitesse, et en moi, j'ai senti une émotion vive, comme un serrement au sternum, un étranglement. J'ai repensé à ma vie, à mes mensonges permanents à l'école, au pouvoir de l'invention. À bout de souffle et de vérité, William a fait silence de longues minutes et à la place on pouvait entendre la voix lancinante de la nuit.

Contre moi épuisé, William a fini par s'endormir et j'ai tenu sa main toute la nuit. En cherchant le sommeil à mon tour, j'ai compris une chose. Avec la confidence de William, j'ai enfin compris ce que voulait dire aimer. En fin de compte, cela signifiait simplement dire oui à quelqu'un, sans réserve, sans garantie. Offrir tous les morceaux de soi, même les pires, sans trier, en prenant tout comme un brocanteur expert qui visiterait le grenier d'un foyer et dirait je prends tout ce qu'il y a ici, et lui répondre allez-y. Aimer c'est ça, tout prendre, tout piller, tout absorber, ne rien laisser. Le brocanteur que j'étais s'est finalement endormi.

Le lendemain matin, je me suis réveillé et comme je le pressentais, William était déjà parti. Il détestait à ce point les séparations que je m'en étais douté. J'avais eu beau être aux aguets, refusant de lâcher la moindre parcelle de son corps allongé, William avait rusé. Près de moi, son corps avait dessiné des plis fantômes sur les draps et alors j'ai refusé de bouger. Sur le meuble, j'ai aperçu un bout de papier dépasser. J'ai hésité à le lire tout de suite, à gâcher les derniers moments avec mon Anglais et puis tant pis. Je me suis levé, j'ai attrapé le mot et sur celui-ci, William me disait qu'il allait rentrer chez lui, qu'il allait renouer avec son père et Paul, comme j'allais le faire avec ma mère, qu'il allait faire son possible comme j'allais faire le mien, parce que les relations ça se construit, ça se travaille, ça s'échafaude lentement comme un grand chantier.

À la fin de sa lettre, William m'a dit qu'on se raconterait tout quand on se retrouverait la prochaine fois. Il avait souligné ces mots, *prochaine fois*, et c'était comme une promesse de sa part, un geste pour me dire qu'il resterait toujours là, quelque part. La lettre à la main, je suis sorti de ma chambre. La maison était comme vide, tout était différent. L'odeur, l'espace, la sensation de l'été qui s'achevait comme la fin d'un acte sacré.

J'ai avancé dans le couloir en comprenant que ce que j'avais investi de William tout l'été était infiniment plus vaste que ce que je croyais. J'y avais mis l'amour et le désir mais aussi mes peurs, mes plaies, mon passé et toute mon âme esquintée et maintenant grâce à lui, j'avais tout réparé. Seul à présent, j'avais besoin d'un grand bol d'air pour respirer alors vite, j'ai traversé le salon, la véranda, le jardin et dehors, j'ai regardé la rue, j'ai respiré et les mots de William écrits sur le verso d'une facture d'eau palpitaient encore dans ma tête, ses mots, ses yeux, ses mains tournaient sans relâche en moi comme un carrousel, et maintenant je savais que j'étais prêt.

Prêt à rentrer.

ONCE IN A LIFETIME

Ma mère m'attend et il me reste à remballer. J'ai pas la force de tout ranger. Pendant trois jours, je reste en plan devant mes affaires en boule et tout le fatras qu'en deux mois j'ai amassé. Les livres, les gadgets, le masque de plongée qu'Andrea m'a payé. Le bracelet en caoutchouc qu'on s'est mutuellement offerts avec William, son tee-shirt blanc qu'il m'a laissé, la casquette de base-ball pour la plage et toutes les provisions achetées par mon oncle.

Je me demande s'il faut apporter un cadeau à ma mère. J'ai posé la question à Andrea et j'y suis allé franco, après une tentative de suicide, on offre quelle babiole d'après toi ? Andrea n'a pas apprécié mon trait d'esprit. Il m'a dit ne sois pas si cynique, ça ne marche pas du tout. Andrea voyait clair dans mon jeu nerveux. Vexé, je suis retourné dans la chambre, en tête à tête avec mon bazar.

Andrea me mettait la pression. Il fallait laver mes dernières affaires sales, sécher le maillot de bain, réunir, prévoir. Prévoir quoi ? Je n'avais plus jamais envie de prévoir. La veille du départ, Andrea est intervenu. Il a débarqué dans la chambre, s'est relevé les manches et à chaque bricole qu'il attrapait dans mon tas, il me disait on garde ? on jette ? J'ai aimé ce on qu'il employait comme si on était tous les deux dans la même galère. Les tickets de la fête foraine, on jette ? OK, on jette. Les livres ? Tu veux jeter des livres, Andrea ? J'ai tenté une provocation pour gagner du temps et bien sûr que non m'a répondu mon oncle, mais tu sais, tu peux laisser des choses chez moi. J'aimais aussi que mon oncle envisage mon fatras chez lui, réorganisé par ses soins maniaques, dans les tiroirs et sur les étagères du bureau, les livres au-dessus de sa collection de BD entreposée dans la chambre grise. Et ce jetable alors ? Quoi le jetable ? Andrea inspectait chacune de mes affaires. J'en devenais irascible. Évidemment qu'on garde, je ne vais pas jeter un appareil photo. Non mais je veux dire, tu l'as utilisé ? Oui j'ai répondu en ajoutant : de bout en bout de mon été.

Andrea ne savait pas que j'avais pris des photos de mon séjour. Je crois qu'il a apprécié ça. Face à mon air charogne, Andrea s'est mis à calmer le jeu. Faut boucler tes affaires, tu comprends ? Je comprenais mais il n'y avait aucune urgence. Au départ, je les avais bouclées en deux-trois mouvements, je pouvais très bien plier bagage au petit matin dans le même emportement. C'est ce que j'ai fait d'ailleurs quand Andrea le lendemain m'a annoncé qu'on allait partir après qu'il aurait fait le plein.

Andrea s'est tiré à la station-service de l'autre côté de la ville, parce que le gazole était moins cher là-bas et qu'avec un plein à cinq cents francs, on pouvait gagner des VHS gratuites. Ni une ni deux, j'ai réuni le tout sans trier ce que j'avais dans la boule et j'ai viré les affaires dans la valise et dans un grand cabas d'Andrea. Mon oncle m'avait dit qu'il revenait dans moins d'une heure, alors j'ai été pris d'une pulsion soudaine. J'ai descendu les marches du garage quatre à quatre, pris le Poulidor rouge pour la dernière fois et tracé dans la ville. Pas d'errance cette fois, je savais où j'allais. J'avais évité l'endroit depuis le début mais cette fois, je voulais l'affronter. Je savais exactement où la rue se trouvait. Derrière le grand boulevard du Rosais, le long de la plage des Fours à Chaux. La rue était à deux minutes à vélo du cimetière chrétien et chaque fois que je prenais le grand boulevard bruyant, je n'osais tourner à droite mais je savais que c'était là, la rue Eugène-Collin, la rue des deux maisons d'enfance de mes parents.

J'ai garé mon vélo autour d'un cédez-le-passage, à pied j'ai remonté les derniers numéros de la rue et au 35 devant la maison de ma mère, je me suis immobilisé. La maison était comme un souvenir. Une image que j'avais en moi sans jamais l'avoir découverte. C'était une maison typique de Saint-Malo, une longère en pierre avec son portail en plastique blanc et ses volets verts, une maison bretonne entourée d'hortensias et de digitales, d'ajoncs jaunes et de roses hautes, un jardin bien entretenu dans lequel j'imaginais Andrea et ma mère plus jeunes, autour d'une table de famille, un barbecue, une table de ping-pong sortie pour les beaux jours et je voyais depuis le trottoir, sous le grand toit en ardoise, la petite lucarne du dernier étage, la chambre de ma mère, là où pendant des années, en silence, face à la maison de mon père, face au même jardin à quelques fleurs près, elle grandissait. J'ai regardé la maison longtemps avant de regarder celle de mon père. Tout en moi était silencieux. Recueilli, tenu, absorbé, comme absent sur ce trottoir étroit d'où une femme tirait sur la laisse de son chien. Face au paysage longtemps investi, j'étais seul au monde. J'étais en pèlerinage, dans une vie avant la mienne. Et j'avais besoin d'en témoigner avant de retourner à celle que mes parents m'avaient faite.

J'ai décadenassé le vélo. Une dernière fois, j'ai fait le tour de la maison du 35, j'ai imaginé les anniversaires de mon oncle et de ma mère, leurs disputes, leurs Noëls, leurs amours passagers, leurs retours de vacances, leurs pleurs à chaque mission, sur le perron, pour dire au revoir à leur capitaine de père et les bras d'Annie qui les attrapaient d'un bloc et les ramenaient à la maison. J'ai quitté la rue Eugène-Collin et je me sentais soulagé. C'était comme une dernière étape sur mon parcours de cycliste. Une dernière vignette de l'été pour mieux recommencer. J'ai garé le Poulidor dans le garage, Andrea était là, au croisement, sa voiture tournait au ralenti, mon oncle m'attendait. En deux-deux, j'ai pris mon sac et mon cabas, fermé le garage derrière moi, et parce que ce n'était qu'un simple au revoir, j'ai grimpé dans la voiture, sans un coup d'œil à la maison, la chambre, Caroline tapie dans sa jungle verte tranquille.

Mon oncle m'a dit tu foutais quoi ? Je terminais mon été, ça va. Mon oncle n'a pas réagi. Il a décéléré le frein à main et on est partis d'ici. Sur le tableau de bord, il y avait la VHS gratuite de la station-service.

FREED FROM DESIRE

Ma mère est tout près et Andrea et moi sommes sur le trajet. C'était un voyage étrange. Une impression de déjà-vu mais inversée. Un moment suspendu durant lequel je réécoutais les mêmes publicités entre deux raps diffusés, contemplais les mêmes paysages, les mêmes départementales, les ardoises puis les tuiles orange sur les toits, les aires de repos, les sandwichs en triangle, les toilettes sales et les dames de ménage, et à mes côtés, Andrea était heureux de revoir sa sœur.

Au téléphone tous les jours, mon oncle et ma mère avaient renoué. Ils s'étaient expliqués, s'étaient tous deux excusés, s'étaient dit qu'il ne fallait plus se perdre de vue désormais. À chaque conversation, j'étais derrière, figurant à la voix secondaire, mais dans deux heures, c'était moi qui allais m'adresser à ma mère et par quoi commencer ?

Quels vont être les mots pour ma mère ? Tu vas bien ? Tu m'as manqué ? Tiens regarde j'ai un walkman et je t'ai fait une cassette de tes chansons préférées ? J'aimais bien l'idée de la compilation parce que c'était vrai. Avec la chaîne hi-fi d'Andrea, j'avais enregistré tous les morceaux écoutés cet été et qui me rapprochaient d'elle. A-ha, Dire Straits, Queen, les Pink Floyd comme elle les vénérait, mais aussi France Gall et Michel Berger, Jean-Louis Aubert et puis Gala et les Spice Girls que William m'avait fait découvrir. J'étais sûr que ma mère allait apprécier *Freed from Desire* par-dessus le marché.

Dans la voiture, je roulais aux sons d'Andrea, *Ma Benz* de NTM passait dans les enceintes et pour une fois c'était pas insupportable. Les paroles disaient : Tu es ma mire, j'suis la flèche que ton entrejambe attire, Amour de loufiat, on vivra en eaux troubles, toi et moi, Mais ce soir faut qu'ça brille, faut qu'on enquille, j'veux du freestyle, J'veux qu'tu réveilles, tu stimules mon côté bestial. Je comprenais un mot sur deux mais j'aimais bien, ça ressemblait à un tambour qu'on faisait battre avec rage. Sur la route, Andrea et moi n'avions rien à voir avec ceux que l'on avait été durant l'aller. À chaque silence, plus personne n'était gêné et les blancs étaient rares, Andrea était en boucle sur son concours qui l'attendait et ces quelques jours qu'il comptait prendre pour retourner à Rome. Dans ses mots, je visualisais l'Italie et Andrea m'a dit la prochaine fois on ira ensemble, qu'est-ce que t'en dis ? J'ai dit l'été prochain, deal ? Il a répondu deal.

Dans la voiture, j'avais quelque chose à dire à Andrea mais j'ai attendu plusieurs stations-service pour me mettre à table. Quand la pancarte avec le nom de ma ville est apparue, j'ai sauté sur l'occase et tout à trac, sans bouger du regard, j'ai dit qu'il n'y avait jamais eu de serveuse, jamais eu d'Émilie dans ma vie. Andrea n'a pas bronché, ses mains sur le volant n'ont pas bougé alors de ma voix de fautif, j'ai continué.

– Sur un coup de tête, j'ai tout inventé, je ne savais pas quoi dire.

Andrea sagement m'écoutait.

Depuis des semaines, j'avais planifié ce moment. Tout confier à Andrea sur le trajet retour, dans sa voiture, son regard rivé sur la route qui ainsi ne pouvait en dévier. La confession allait être droite, projetée sur le goudron d'une nationale, sans possibilité de s'arrêter, il fallait tracer et c'est ce qui s'est passé. J'ai continué mon histoire et j'ai répété qu'il n'y avait jamais eu d'Émilie. Jamais eu de serveuse maladroite, seulement un nageur-sprinteur aux taches de rousseur, un garçon prénommé William et ça changeait quoi au fond ? Je mentirais une nouvelle fois si je répondais, rien. Si ça ne changeait rien, je n'aurais jamais menti.

Face au pare-brise serti de taches grises, j'ai commencé à raconter William, ce garçon avec qui j'avais passé toutes mes journées et mes nuits et mon oncle m'a pris de court et il m'a répondu, t'en fais pas, je le savais déjà. Comme un énième moucheron écrabouillé sur le pare-chocs, j'étais sans voix. Cadavre d'insecte sur un phare fissuré. Andrea a baissé la musique.

– Tu sais, je connais tout le monde dans la ville, plusieurs commerçants m'ont dit qu'ils te voyaient traîner avec un jeune type et que vous vous embrassiez derrière la place des Frères-Lamennais.

Soudain, je me suis senti épié, traqué, démasqué, mais Andrea a continué.

– Dans les petites villes, tout se sait très vite mais sache que personne n'a jamais eu une seule parole déplacée, sinon ils auraient eu affaire à moi. Et puis il faudra que tu apprennes à nettoyer plus minutieusement ton historique Google, mon petit.

Entre la honte et le soulagement, j'étais écartelé. Andrea savait depuis des semaines et il ne m'avait rien dit. J'avais été le seul protagoniste de ma mascarade. Face au pare-brise, je me suis enfoncé lentement sur mon siège et plus les minutes ont passé, plus la honte s'est dissipée. J'étais à ce point à l'aise avec mon oncle que je refusais d'en faire un sujet.

– Tu m'apprendras à supprimer les recherches Internet et je t'apprendrai à te tenir éloigné des singes attrape-touristes sur les places marocaines.

Andrea a ri en repensant aux photos de vacances passées avec son ex. Il m'a traité d'enflure et a remis sa musique. Ensuite, on s'est restaurés dans un vieux Flunch dont chaque bac à légumes sentait la carotte vapeur et on est repartis. À table, Andrea voyait que je masquais un air triste, il avait tenté la même combine tout l'été alors il m'a dit que les peines de cœur finissent toujours par passer, c'est comme une brûlure, ça chauffe, ça préoccupe puis ça finit par cloquer. L'important qu'il me disait, c'est de se tenir occupé, d'avoir un projet et j'ai fait oui de la tête sans écouter ce qu'il disait.

Sur la route, puisqu'il ne restait que cent kilomètres avant les retrouvailles de ma mère, j'ai fini par poser des questions à mon oncle. J'avais l'impression d'aller à la rencontre d'une personne étrangère, de me renseigner sur les modalités de la visite, et c'était à se demander si ce n'était pas le cas tout compte fait. Andrea se montrait rassurant, tout allait bien se passer, tu verras, une fois que tu la verras, tu verras. Niveau conseil, je m'attendais à plus élaboré.

Pour faire diversion, mon oncle m'a dit que j'avais intérêt à penser à lui ces prochains mois. Il avait tout prévu pour ça. Dans le coffre, il avait emporté des sachets de craquelins, des caramels au beurre salé, des kouign-amann et même de l'andouille de Guéméné. J'ai répondu que j'allais faire honneur à ces plats et que mon oncle avait tout autant intérêt à me raconter son concours et son séjour à Rome. Il m'a dit gamin, compte sur moi.

Quatre-vingt-quinze kilomètres plus tard, on approchait enfin. Je reconnaissais parfaitement la route et c'était comme si je renfilais un habit ancien, un habit dont je connaissais la moindre couture et qui ne m'allait plus très bien. Les devantures ont défilé. Le fleuriste, la boulangerie industrielle, la toiletteuse avec la photo du caniche et du bichon maltais en vitrine et à droite, puis à gauche deux fois, on y était. Andrea a ralenti pour entrer dans le lotissement des petites maisons toutes similaires. Il a éteint la musique, m'a serré brièvement le genou en me disant allez, comme un coach sportif pudique, et a garé la voiture. J'ai relevé la tête. Ma maison était là, intacte. Et j'ai repensé à ce que j'allais devoir dire à ma mère quand la porte allait s'ouvrir.

Je suis sorti de la voiture, Andrea a extirpé du coffre mon sac d'affaires et mes sachets de craquelins et j'ai pensé au fait qu'en deux mois, chez Andrea tout avait tout changé. Ma mère allait mieux, c'est ce qu'ils disaient, elle travaillait sur elle-même et j'ignorais si c'était vrai mais du reste ma mère était là, dans le salon ou quelque part. Ma mère allait me sourire ou me prendre dans ses bras. J'allais retrouver son odeur, son parfum, et on verrait plus tard si la maladie s'était fait la malle.

Face à moi, la maison était comme avant, haute, fleurie, les volets en bois, la tache décolorée sur la deuxième marche en pierre de l'allée. J'étais soulagé. La maison n'avait pas brûlé, pas explosé et tout à coup j'ai repensé au corps de ferme détruit par Jo. Plus surprenant, tous les parterres étaient restés garnis, la voisine s'était sûrement donné pour mission de les arroser durant l'été. Je me suis avancé, marche après marche. Comme pour me donner du courage, j'ai recensé toutes les belles choses de mon été, ces souvenirs à jamais gravés et je me suis dit comme une litanie :

– Ma mère était malade et c'était un bel été, ma mère était malade et j'ai reçu un walkman, ma mère était… et je suis parti, j'ai fait ma valise, je me suis réveillé dans une chambre qui sentait le placard, j'ai passé une semaine, un mois, deux mois chez Andrea, j'ai visité Dinard, Cancale, Pleurtuit, j'ai rencontré Caroline puis William, j'ai nagé avec lui, j'ai couru, dormi, mangé avec lui et j'ai découvert l'amour et le désir, ma mère était malade depuis des années et de moi j'ai compris, j'ai pédalé comme un taré, j'ai fait des crunchs et des dips, j'ai eu des courbatures comme jamais, je me suis fracturé le nez, j'ai saigné, j'ai aimé, ma mère était malade et pour de bon, je me le suis mis dans le crâne, je l'ai compris, accepté, autant pardonné, tout l'été, je ne l'ai pas oubliée, au contraire elle était là à chaque baignade, chaque baiser, chaque glace achetée chez Sanchez, mais désormais j'ai appris à m'éloigner, à me dissocier, à comprendre que vivre c'est apprendre à s'écarter, compter les distances, cerner les mesures de sécurité, ma mère était malade et c'est pour ça que je métaphorise, que j'écoute de la musique, avec un peu de poésie, rien n'empire, ma mère était malade et j'en ai parlé, j'ai raconté, ce n'était plus une honte, plus une tare, ma mère était malade, mais qui ne l'est pas au fond c'est vrai.

J'ai monté l'escalier en pierre d'un pas affirmé. Mes caramels au beurre salé dans la main, mon sac sur l'épaule, impossible de reculer. Andrea a sonné à la porte et une voix depuis le jardin est sortie de l'oubli. La voix s'est approchée, ma mère a dit bonjour, elle a posé le sécateur sur le rebord d'un pot de fleur et ma mère était bien coiffée, elle portait sa tenue de maison, son babygro tout doux qu'elle adorait et ma mère semblait mieux, guérie, c'était sûrement trop tôt pour le dire, seul le temps saura le dire. Devant ma mère, j'ai répondu d'une voix petite, bonjour ça va tu as bonne mine. J'avoue que je n'ai pas réfléchi, c'était nul, trop banal mais les mots seuls ont choisi. Ma mère m'a regardé droit dans les yeux, m'a attrapé la main, tu m'as manqué tu n'as pas idée et j'ai répondu moi aussi, je t'en ai même fait une playlist.

ÉPILOGUE
NEVER ENDING STORY

Sur le parvis du lycée, tout le monde se souhaite le meilleur pour ce nouvel été. Un an a passé depuis William. Un an déjà, c'est fou, les gens aiment à dire que c'est fou, le temps passe si vite, à croire que quelqu'un s'amuse à feuilleter les dates du calendrier en arrachant les pages et les chiffres.

Adossé à la vitre de l'abri de bus, j'écoute les gens sans parler, les bras sur les hanches, le sourire forcé alors que la simple évocation des vacances me ramène à l'été dernier. Quand on me demande à mon tour ce que je vais trafiquer, je réponds distraitement oh pas grand-chose, je vais passer quelques jours chez mon oncle, en Bretagne, les gens compatissent, ah ouais pas cool, j'espère que t'as un bon K-way, on pensera à toi depuis la villa en Sicile et je leur dis à tous, j'espère bien bande d'enfoirés, on se voit à la rentrée, avant de disparaître dans le bus.

Dans le bus qui me ramène à la maison, à ma mère fragile, à ma mère qui reprend ses beaux habits, ses chaussures vernies, ses gants de jardinage, ses outils, ma mère qui renoue avec ses activités, un nouveau cabinet juridique, la cuisine aussi, la taille des rosiers, l'arrosage des plantes aromatiques, je pense à mon été à venir et à celui qui m'a fait aimer. Arrêt par arrêt, le bus sillonne les quartiers de la ville, dépose des lycéens et des petits vieux aux stops demandés et je me demande si William est descendu à son arrêt lui aussi. S'il est rentré à Leeds cette année comme il me le disait, s'il a revu son père et son frère ou s'il n'a pas dévié en cours de route, une autre ville, un autre sentier, une autre vie menée.

Les premières semaines, William a tenu sa promesse. Il m'a écrit plusieurs lettres. Comme à son habitude, il me posait des tas de questions sur mon retour, sur ma mère, sur mon bahut, en ne dévoilant jamais rien sur son compte. William m'a écrit un mois et puis un autre. Il n'était toujours pas retourné en Angleterre, il me disait vouloir encore un peu d'air. Pour le joindre, il me laissait des adresses éphémères à Marseille, Bruxelles, Nîmes, Amsterdam et puis Bruges et le soir, du doigt, je retraçais ses périples fous sur les cartes de mon manuel d'histoire-géographie et je me sentais là, tout près, en sa compagnie, à faire du stop ou sur le siège à côté de lui, à dormir dans de grands cars bleutés qui traversaient silencieusement la nuit.

Début d'hiver, la correspondance a cessé. J'étais désespéré, en pleurs, le ventre chaud d'être abandonné. William avait disparu, il s'était lassé. Et puis avant les fêtes, j'ai reçu une carte kitsch disant *Merry Christmas*. L'affranchissement montrait que William était de retour dans son pays. J'imaginais ses retrouvailles avec son père et son frère, le droit chemin qu'il reprenait, l'impression d'un happy end comme dans ces téléfilms. Mais cette fois, William ne m'a pas laissé d'adresse. Je me suis demandé s'il ne rompait pas le lien définitivement ou s'il craignait maintenant que son père n'intercepte mes lettres de petit Français. Dans ce courrier, William ne m'a rien dit de plus que des banalités mais sa lettre se terminait par des croix toutes petites dont l'encre noire avait bavé et en dessous, William avait marqué, en caractères minuscules, comme s'il prenait un risque inconsidéré, comme s'il commettait un acte de haute gravité, *lots of love*.

Je n'ai plus eu de nouvelles de William. Six mois ont passé depuis sa lettre et *ses paquets d'amour*, et j'ai été serein comme j'ai pu, j'ai bataillé, j'ai encaissé, je n'ai même pas chialé, je n'ai même pas arrêté de manger, j'étais confiant, persuadé tôt ou tard que je recroiserais la route de William sur une plage française ou à l'orée d'une forêt. Je me suis occupé de ma mère tout ce temps-là. J'ai étudié. J'ai eu le béguin pour un garçon de ma classe mais rien ne s'est passé, il était trop à fond sur Nina alors j'ai laissé Nina m'embrasser au cours d'une soirée et ça m'a fait plaisir, je me sentais désiré comme l'été dernier. Aussi, j'ai accepté avec plaisir l'invitation d'Andrea à venir passer le mois de juillet chez lui. Depuis sa victoire au concours, les curieux se bousculent et pour autant, Andrea ne s'est pas reposé. Il a agrandi la boulangerie, recruté deux nouveaux employés et désormais en bon patron, Andrea peut dégager du temps libre pour nous accueillir, cette fois ma mère sera des nôtres et je crois qu'Andrea nous prépare une surprise, je le sens, faut dire qu'il n'est pas bien doué pour les mystères. Il me l'avait promis sur le dernier trajet, ce n'est pas la mer froide de la Manche qui nous attend cet été mais les ruelles jaunes de l'Italie.

Cette année, ma mère ne s'est pas remise tout de suite de sa maladie. À mon retour, ma mère jouait les parents parfaits. Elle en faisait trop, elle mettait les petits plats dans les grands, elle était trop polie, elle était tout sauf ma mère. Elle avait l'impression de faire face à un nouveau membre de la famille, un fils perdu de vue, elle ne savait plus comment faire, ni comment me parler, elle avait honte je sais. Et puis aux vacances de la Toussaint, elle a fait une rechute. Ma mère a bu sans discontinuer, la peur de devoir retourner travailler l'a fait disjoncter.

Ma mère s'est oubliée une nuit et puis une autre. Mais elle ne se morfondait plus, elle me faisait croire que c'était festif, qu'elle allait mieux, qu'elle était d'humeur à se permettre un écart mais trois nuits d'écart se sont succédé, trois nuits blanches de fête esseulée et au cinquième soir, j'ai enfin osé dire tout ce que je pensais. Je l'ai serrée dans l'étau de mon regard et j'ai beuglé, fais ce que tu veux, sois malheureuse, bousille ta santé mais je ne serai là pour en témoigner, continue et tu verras, je partirai, tu n'auras plus de mes nouvelles, je serai plus qu'un étranger.

Ma mère me contemplait comme un enfant blessé mais je continuais de la sermonner, j'avais l'image de William en tête pour m'aider. Oui tu as bien entendu, je vais me barrer, je vais fuguer, tu seras toute seule, tu pourras tout picoler et ma mère n'a rien rétorqué, figée dans la honte comme dans le mutisme, elle n'a plus touché un verre d'alcool les neuf mois qui ont suivi.

Ces mois-là, ma mère n'a plus parlé du passé ni de mon père. Elle a mis des chansons nouvelles sur la chaîne hi-fi, elle est retournée voir des concerts, elle s'est inscrite à des cours de danse contemporaine et ni heureuse ni malheureuse, elle a cherché l'équilibre, ça prenait du temps, me confiait-elle, et on a tout le temps du monde, je lui répondais, *baby step* comme disait mon Anglais.

Dans le bus qui parcourt la ville, mon menton pensif déposé sur mon sac de cours, j'entends vaguement Cécile, Marion et Theo discuter des dernières histoires du bahut sur la grande rangée du fond. Pourtant, rien ne me parvient, je suis ailleurs, incapable de me concentrer, mon regard égaré par la fenêtre, parmi les vignettes de paysages, comme un foulard aspiré par le vent.

Entre la vieille dame et son cabas et la jeune fille à la jupe écossaise, tout à coup il est là. Je le vois au beau milieu de la foule de nuques, dans le capharnaüm adolescent, en direct de ma terre brûlée et mes yeux brûlent en voyant au loin ce grand fantôme retrouvé. Par secousses, le bus avance chaotiquement et plus j'essaie de le distinguer, plus mes yeux brûlent d'amour, du manque, de ce sentiment non identifié. William est de dos, je ne rêve pas. Il est là, il est debout, sa main tenant la poignée en caoutchouc, son grand corps de lémurien se secoue au gré des mouvements du bus et parfois William se déplace légèrement sur le côté quand les gens descendent par les portes avant.

Son profil est le même, à quelques traits près, blanc et creusé, taché de rousseur et de mon siège, je souris, je me pince pour m'assurer que je ne rêve pas et je ne rêve pas, non, William est là, William est venu me retrouver. Je ferme les yeux quelques secondes pour me dire que c'est vrai et tout me revient comme un cantique improvisé, le bruit survolté des mouettes, les éternuements de mon Anglais et la musique de l'eau sur les rochers. Le bus fait un nouvel arrêt, William se glisse parmi la foule, il descend sans se retourner, et sur le trottoir, il rejoint sa fiancée. William n'était qu'un mirage, une idée insensée que j'ai aimé posséder.

Quelques minutes plus tard, je suis descendu à mon tour. C'était à l'arrêt du centre-ville et la bande sur sa grande rangée m'a demandé ce que je foutais, j'ai dit, ça vous regarde, allez bisous les gars. D'un sourire défiant, j'ai dévalé les marches et sur la place Verdun, j'ai disparu sous les arcades. J'avais retenu l'itinéraire comme pour la première fois. Je marchais vite, la boutique fermait dans la demi-heure, il ne fallait pas me louper. Je suis entré, un petit *ting ting ting* a résonné. Un vieux moustachu à chemise à carreaux se tenait voûté derrière le comptoir. Il m'a demandé c'est pour quoi ? J'ai répondu que j'avais déposé mon appareil pour le faire développer l'autre fois et le type m'a dit c'était quand l'autre fois, j'ai menti, quelque temps, quelques semaines, alors qu'en vérité j'avais remis l'appareil à mon retour, l'été dernier. Le type m'a cru et a rétorqué jetable ou argentique ? J'ai répondu jetable et le vieux s'est redressé de sa chaise haute. Il m'a demandé mon nom, le bon de commande en papier carbone avec le numéro de commande et puis son dû, trente-cinq francs, c'était le tarif, et j'ai immédiatement sorti les pièces qui tapissaient ma poche sur le comptoir en bois.

Le type a traversé son rideau de perles et s'en est allé en réserve. Ça prenait du temps, j'avais trop peur que le développement ait été perdu depuis tout le temps. Au loin le vieux me disait qu'il était débordé, que ses étagères étaient inondées de Kodak et alors j'ai imaginé tous les William des plages, tous ces visages de garçons se faire un à un réanimer. Le type est réapparu à travers son rideau. Dans les mains, il tenait une petite enveloppe en carton orangé. Il m'a demandé si toutes les prises avaient été faites et bien sûr qu'elles l'avaient été. Le type a remarqué, vous avez de la chance, vous aviez déposé votre pellicule en septembre dernier, ça fait une trotte, on aurait pu s'en débarrasser et j'ai seulement dit merci pour votre efficacité.

Le type m'a tendu la petite pochette ainsi que la pellicule enroulée sur elle-même, les négatifs il disait. Je suis reparti en répétant merci, le *ting ting ting* a retenti et sur le premier banc qui se trouvait sur mon chemin, je me suis assis, j'ai respiré un grand coup, prêt à ouvrir le pli. J'ai déposé mon vieux sac de cours près de moi, je me suis frotté les mains sur mon pantalon, j'ai bu la fin de ma gourde pour être prêt, prêt à quoi, c'était bête, qu'est-ce que j'en savais, mais je le voyais comme ça, prêt à retrouver l'été et le visage de William. Ses yeux comme la cité corsaire, ses plages comme ses bras dorés. J'ai regardé le soleil, j'ai pensé aux éternuements de mon Anglais puis j'ai ouvert l'enveloppe. Quelque chose en moi palpitait, je ne saurais localiser où, mais mes yeux, mon ventre et mes doigts regardaient les clichés, ils étaient à nouveau là-bas, dans l'odeur du sel et du varech, transfigurés, mon cœur battait à nouveau d'un sentiment non identifié, un sentiment qui me brûlait pour l'éternité et que j'appelle, désormais, le sentiment de l'été.

AS THE WORLD FALLS DOWN
1. David Bowie

PENDANT QUE LES CHAMPS BRÛLENT
2. Niagara

OUR LIPS ARE SEALED
3. The Go-Go's

MARCIA BAILA
4. Les Rita Mitsouko

WHERE ARE WE NOW?
5. David Bowie

HELP YOURSELF
6. Tom Jones

SHOULD I STAY OR SHOULD I GO?
7. The Clash

SUMMER CANNIBALS
8. Patti Smith

STAIRWAY TO HEAVEN
9. Led Zeppelin

WALK LIKE AN EGYPTIAN
10. The Bangles

J'T'EMMÈNE AU VENT
Louise Attaque 11.

12. CREEP
Radiohead

L'AMOUR A LA PLAGE
13. Niagara

DON'T LEAVE ME NOW
14. Pink Floyd

ZOMBIE 15.
The Cranberries

WONDERWALL
16. Oasis

HEAD OVER HEELS
17. Tears for Fears

RUNNING UP THAT HILL
18. Kate Bush

19. HEART OF GLASS
Blondie

ODE TO MY FAMILY
20. The Cranberries

ANOTHER ONE BITES THE DUST
21. Queen

22. BORN TO RUN
Bruce Springsteen

WE ARE THE CHAMPIONS
23. Queen

24. THE RIDDLE
Nik Kershaw

UN MUR POUR PLEURER
25. Anne Sylvestre

BICYCLE SONG **26.**
Red Hot Chili Peppers

SINGIN' IN THE RAIN
27. Gene Kelly

THE FINAL COUNTDOWN
28. Europe

GOD ONLY KNOWS
29. The Beach Boys

TAKE ON ME
30. A-ha

SAIL AWAY SWEET SISTER
31. Queen

EVERY LITTLE THING SHE DOES IS MAGIC
32. The Police

PICTURE THIS
33. Blondie

DIS, QUAND REVIENDRAS-TU ?
Barbara **34.**

LOVE IS A BATTLEFIELD
35. Pat Benatar

MON MANÈGE À MOI
36. Édith Piaf

RIDERS ON THE STORM
37. The Doors

TOUS LES GARÇONS ET LES FILLES
38. Françoise Hardy

L'ÉTÉ INDIEN 39.
Joe Dassin

TROIS NUITS PAR SEMAINE
40. Indochine

41. ICE ICE BABY
Vanilla Ice

42. HOLIDAY
Madonna

43. PHYSICAL
Olivia Newton-John

JOHNNY, JOHNNY, COME HOME
Avalanche 44.

45. OH MY LOVER
PJ Harvey

46. LIGHT MY FIRE
The Doors

LA BOMBE HUMAINE
Téléphone 47.

48. ALTER EGO
Jean-Louis Aubert

ONCE IN A LIFETIME
49. Talking Heads

FREED FROM DESIRE
50. Gala

NEVER ENDING STORY
51. Limahl

REMERCIEMENTS

Pour ce livre, je remercie Mélanie Decourt et Franck Henry pour leur inégalable présence. Je remercie ma mère surtout qui dans l'amour comme dans la somme de mes étés m'a appris chaque geste.

Ce livre est imprimé sur du papier issu de forêts gérées durablement.

Cet ouvrage a été composé par IGS-CP
à L'Isle-d'Espagnac (16)

Achevé d'imprimer en août 2024
par Normandie Roto Impression s.a.s.
61250 Lonrai
N° d'imprimeur : 2403404

Imprimé en France